Dagmar Leupold
*Nach den Kriegen*

Dagmar Leupold

*Nach den Kriegen*

Roman eines Lebens

C. H. Beck

© Verlag C. H. Beck oHG, München 2004
Druck und Bindung: Kösel, Krugzell
Gesetzt aus der Caslon 540 im Verlag C.H.Beck
Gedruckt auf säurefreiem, alterungsbeständigem Papier
(hergestellt aus chlorfrei gebleichtem Zellstoff)
Printed in Germany
ISBN 3 406 52325-0

www.beck.de

*Das Schweigende ist so weit vorgeschritten*
*Und füllt den Raum und denkt sich selber zu*
Gottfried Benn, *Blaue Stunde*

Der Stempel gehört nun mir. Mein Vater hat ihn anfertigen lassen, in der Absicht, diesem den Roman folgen zu lassen, der es geschafft hätte, sein Leben zu bezeugen. Vielleicht hat er auch geglaubt, der Stempel würde die Berechtigung seiner – vorauseilenden – Anfertigung nachträglich erzwingen, also den Roman magisch hervorrufen. Die auf den Kopf gestellte Chronologie funktionierte nicht: Er schrieb das Buch nie, gab aber den Plan gleichfalls nie auf, so daß sein letztes Lebensjahrzehnt von diesem Mangel geprägt war. Im Roman hätte sein Leben eine Form und ein Format erhalten, da er ungeschrieben blieb, schien es ihm immer vergeblicher und ungestalter. Auch mir geht es hier um diese vermißte Gestalt, eine Gestalt, deren Beschädigung durch Krieg geschah, eine Gestalt, deren Bestätigung durch Krieg geschah. Der Krieg geht mitten durch die Familie, ein Graben. Auf der einen Seite diejenigen, die ihn erlebt, und auf der anderen diejenigen, die ihn nicht erlebt haben. Vielleicht wäre ein Buch die Brücke gewesen, vielleicht wäre ein Buch die Lüge schlechthin gewesen. Erst in der Imagination gewinnt Gestalt, was mir in der Wirklichkeit entging.

Der Stempel liegt vor mir, mit seinem wunderlichen Auftrag. Ich nehme ihn mir zu Herzen.

*Krambambouli*

Das hat er immer gesungen, wenn er gute Laune hatte, wenn die Bundesbrüder zu Besuch waren oder wir in Österreich Urlaub machten. Lachend, die Augen ein wenig zugekniffen, als müßte er den Text irgendwo ablesen, die Krawatte gelockert, Pose: Heldentenor.

*Sauft Wasser wie das liebe Vieh | Und meint, es ist Krambambouli | toujours fidèle et sans souci | c'est l'ordre du Krambambouli!* Und dann die Töchter: *Krambim-bam-bambouli, Krambaaaambouli!*

Warum fiel mir das jetzt ein, warum summte ich jetzt die Melodie – auf dem Weg zu seiner Beerdigung, nach der Durchsage, daß man in Paris zwischenlanden müsse, obwohl dies ein Direktflug nach Frankfurt sein sollte, Bitte um Verständnis, ausgefallene Maschine, die Stimme des Piloten rostig durch den Lautsprecher. Warum jetzt.

*Krambambouli.* Den Kopf legte der Vater beim Singen in den Nacken, daß die Tochter den Adamsapfel auf- und abhüpfen sehen konnte, als zeigte er den Pegel der Fröhlichkeit an. Ich mußte furchtbar lachen, lachen bis zur Atemnot, schließlich Tränen. Zwei Flugbegleiter kamen mit besorgten Mienen, *everything okay?* Aus der Fassung geratene Passagiere – kein echter Ernstfall, die Flugbegleiter bewahrten die Ruhe und redeten in einem nachsichtigen Englisch mit indischem Akzent auf mich ein, schauten mitfühlend beim Inhalieren des Asthmasprays zu und reichten mir feuchte Tücher, mit denen ich mein nasses Gesicht abwischte. Dann wiederholten sie alles, was ich sagte, formelhaft unterbrochen von den gestanzten Mitteilungen, die sonst über Lautsprecher dröhnten, allerdings langsamer, beschwörend: *Funeral. We are so sorry.* Noch ein feuchtes Tuch, Salzbrezel, etwas zur Beruhigung. Ich spülte die Schlaftablette mit einem Schluck Wein hinunter, den mir der Steward im Plastikglas überreichte, eine weiße Serviette über den Arm gelegt, als befänden wir uns in einem 3-Sterne-Restaurant. Ich würde die Beerdigung meines Vaters verpassen, soviel stand fest.

Vor gut drei Wochen war ich zum ersten Mal nach Deutschland geflogen, ihn zu verabschieden, auch da mit der PIA (Pakistan International Airlines), die in dem Fall ohne Zwischenlandung in Paris nach Frankfurt flog. Ich legte mich auf einen Rückflug fest, andernfalls wäre das Ticket nicht bezahlbar gewesen. Dabei dachte ich an das *zweite abstrakte Datum*, wie bei irgendeinem, meinem Gedächtnis verlorengegangenen Dichter der eigene Todestag genannt wird, ein Datum, das man nie selbst in die eigene Lebensgeschichte einbeziehen kann und das doch, einmal auf einen Stein geschrieben, in ein Kreuz geritzt, von einleuchtender Zwangsläufigkeit ist – wie die Kadenz einer Melodie. Ich weiß nicht, was absurder ist: über den genauen Zeitpunkt des Todes zu spekulieren, gebunden an eine Buchung, oder mit offenem Ende zu reisen und zu sagen, ich trete den Rückflug erst an, wenn er tot ist.

Eine knappe Woche nach meiner Rückkehr starb mein Vater. Ich buchte den zweiten Flug, zur Beerdigung.

Als die Schlaftablette zu wirken begann und ich brav in den Sitz versiegelt saß, den Gurt vorschriftsmäßig angelegt, die Hände links und rechts auf den Lehnen wie Museumsexponate, da belohnte mich die Stewardeß mit einem amerikanischen Lächeln, die Zähne darin unwirklich weiß gegen die dunkle Haut. Sie sagte *good girl* oder so etwas Ähnliches, im Ton einer Mutter, die ihr Kind überzeugt hat, den letzten Löffel Brei auch ohne Hunger hinunterzuwürgen. Alles lastete, die Füße, der Kopf, die Arme – als wäre ich mit Bleischnüren beschwert, wie in meiner Kindheit der Saum der Vorhänge. Längst flogen wir so hoch, daß der Himmel eine Abstraktion war – ebensogut hätten die Scheiben mit einer Himmelskulisse bemalt sein können. Ich dagegen wäre lieber Fußgänger gewesen, unterwegs auf Strecken, die noch Augenmaß hatten. Die reichten nie bis zum Tod, zu ihm mußte man schon fliegen. Unsinn. Ein wattiges Gefühl im Kopf, der auch meiner Nachbarin hätte gehören können, so entrückt schien er mir. Ich merkte, ohne hinzuschauen, daß die Stewardeß abgedreht hatte, wahrscheinlich einem Kollegen zuzwinkernd, «Gefahr gebannt». Im Handbuch für den Umgang mit fassungslosen Passagieren stand wahrscheinlich nichts Hilfreiches über den Umgang mit verpaßten Beerdigungen.

Aber ich war ruhig jetzt, ganz ruhig, einverstanden damit, daß mir die Regie abhanden gekommen war, geradezu satt fühlte ich mich vor Mattheit und Ergebenheit.

Ich werde meinen Vater nie anders als lebendig gesehen haben, sein Tod wird ein Gedenktag sein, eine Markierung im Kalender, eine numerische Gewißheit. So wurde es beschlossen, wenn auch nicht von Gott oder dem Schicksal, so doch wenigstens von der Willkür der Flugpläne.

Mitte November war ich das erste Mal über einem grauen Frankfurt eingeschwebt, das nach dem Farbtaumel des Spätherbsts, den ich in Amerika zurückgelassen hatte, wie Aschenputtel hinter den glitzernden Flughafentüren schmollte. Auch ich fühlte mich benachteiligt, durch den Vater, der diese Jahreszeit zum Sterben wählte, zu Unrecht ins Hintertreffen gesetzt. Den gesamten Flug hatte ich ein Foto meiner wenige Monate alten Tochter in der Hand gehalten, es halb zerknüllt vor Verlangen, bei ihr zu sein, und vor Zorn auf den Sterbenden. Zukunft und Zuversicht waren geradezu verkörpert in ihr: noch keine Haare, noch keine Zähne, eine Haut ohne Geschichte, ohne Vergangenheit, ein einziges Bevorstehen, wunschgeladen. Sein Sterben bezeugte nichts als die Vergeblichkeit des Lebens. Ich wollte nicht damit verbündet sein. Meine Sitznachbarin beobachtete mit einer gewissen Unruhe, wie ich die Faust um das Foto ballte, ein paarmal schien sie entschlossen, mich dazu zu befragen, schwieg dann aber. Vielleicht befürchtete sie eine traurige Geschichte.

Als ich in das Krankenzimmer trat, versiegelte mich ein dickflüssiger Geruch wie Karamel, schloß sofort alle Poren: zäh, süßlich. Ein Geruch nach Desinfektionsmitteln, nach Resten mit Schweiß durchsetzten Parfums, nach

Vergorenem, nach Urin – und nach Jenseitigem. Lebendige Gerüche können widerwärtig, unsympathisch sein – dieser, der nach Jenseits, war bedrohlich angenehm, ragte wie eine Landzunge aus feindlichem Gebiet in vertrautes. Er hatte sich getarnt mit dem guten Duft sonnenwarmer Früchte, die bereits am folgenden Tag faulen würden.

Mein Vater lag vertäut im Bett.

Der Geruch nach Jenseitigem stellte sich als fast vergammelte Erdbeeren heraus: Sie lagen in einer Schale, die neben dem Glas mit der Prothese auf dem Nachttisch stand. Die Früchte sahen kläglich aus, zur Unzeit in irgendeinem Treibhaus gereift und, kaum gepflückt, bereits verzagt.

«Er will immer nur Erdbeeren.»

Eine tiefe Frauenstimme, leichter rheinhessischer Einschlag. Als ich mich umdrehte, stand hinter mir, im Türrahmen, eine wuchtige Gestalt in weißem Kittel und weißen Birkenstock-Sandalen, mit hennagefärbten Haaren und einem Lächeln, das die raumfüllende Präsenz des Sterbenden in die Schranken wies.

«Schwester Hildegard», sagte sie, «die Tochter», sagte ich. Wir standen, und ich spürte meine müden Füße in den Schuhen wie obdachlos.

«Und Zigaretten», fügte sie hinzu. Ich muß schuldbewußt geschaut haben, so als wäre sein Zigarettenkonsum ein Zeichen meiner Undiszipliniertheit. Sie lachte: «Einmal hab' ich ihm drei Mark in Münzen hingelegt und hab' ihm gesagt: ‹Unten am Haupteingang, beim Kiosk, ist ein

Automat, da können Sie sich welche holen!›, da hat er geschaut, Ihr Vater.»

Ich wollte sagen, daß ich das grausam fand, anstößig, aber sie wiegte sich so sicher in ihren Hüften, sie war so professionell unbeeindruckt, daß ich schwieg. Ihre Sohlen quietschten auf dem Linoleum, als sie ans Bett trat und den Katheter entfernte. Über das Gesicht meines Vaters, der mit geschlossenen Augen und eingezogener Oberlippe auf dem Rücken lag, huschte ein Anflug von Schmerz oder Unbehagen. In seinen Beinen waren die Narben der Einschüsse zu tieferen Kratern geworden, die Fersen waren auf Mull gebettet und doch wund. Der Körper war nun definiert als die Summe seiner Defekte, er hatte nicht einmal mehr Schrottwert, er war nicht wiederverwertbares Material. Spirituell, religiös gibt es den Ausweg des ewigen Lebens, der Wiederaufstehung, der Seelenwanderung – die Medizin dagegen bietet keinerlei transzendenten Trost für die alten Sterbenden in ihren überfälligen Hüllen, im Gegenteil – ihr Geschäft verläßt sich auf das garantierte Nachlassen der Kräfte und das damit verbundene Chaos. Nur die jungen Motorradfahrer, deren intakte Körper einer bildschönen Kurve im Flug geopfert werden, kommen als Organspender in den Genuß einer Reinkarnation. All das ging mir durch den Kopf, hilflos vor Wut und Groll, während die festen Schritte von Schwester Hildegard sich entfernten.

Noch war ich keinen Zentimeter auf das Bett zugegangen; ich stand an der Tür, als müßte ich von dort, aus sicherer Distanz, eine philosophische Vorlesung halten, die sich nicht zuviel Anschauung erlauben durfte. Am Schrank hing der Bademantel, der mir bunter vorkam, als ich ihn in Erinnerung hatte. Wahrscheinlich war er vor der Einlieferung ins Krankenhaus gewaschen worden, jetzt, vom Nikotin befreit, hatte er das Vertraute des heimischen Badezimmers verloren und sah aus wie auf Besuch.

Ich ging auf Zehenspitzen in Richtung Bett, als ich es bemerkte, trat ich fester auf, auch bei mir quietschte das Linoleum unter den Sohlen.

Mit dem Rücken zum Fenster stand ich schließlich am Kopfende des Bettes. Die Haut meines Vaters war vornehm gelb – eine alte, barocke Seidentapete.

Die Augen waren bis auf einen Schlitz geschlossen. Ich nahm die rechte Hand, vielmehr die zweieinhalb Finger, die noch an ihr waren, in meine beiden. Die Haut fühlte sich an wie Geschenkpapier, als wäre sie bereits von dem Körper, den sie umhüllte, in allen Funktionen entlassen, lediglich dekorativ. Wie Stöcke lagen die Finger in meinen kalten, nervösen Händen, ich traute mich nicht, sie zu drücken, weil im Handrücken eine Kanüle befestigt war. Zur Nase führte ein Sauerstoffschlauch, ich ließ die Finger wieder los (wir waren nie Hand in Hand gegangen, es schien auch jetzt verkehrt) und starrte auf das Bild über seinem Bett. Ein Dschungel in satten Farben, die Blätter saftig und glänzend. Geradezu strotzend vor Gesundheit, aber der Kranke im Bett konnte das nicht sehen – durch das Fenster sah man auf die Kapelle, in der die Toten aufgebahrt wurden. Über den Wandschmuck in Krankenhäusern und Hotels müßte man einmal etwas schreiben,

dachte ich ganz unvermittelt, über das Betretene, Gleich-
gültige und Geschäftstüchtige im Umgang mit Intimität,
Schlaf und Tod, das daraus sprach.

«Hörst du mich? Ich bin's.»

Der kleine Schlauch hob und senkte sich schneller.

«Hörst du? Ich bin da, aus Amerika, gerade angekommen, noch nicht einmal zu Hause gewesen – eine Erdbeere?»

«Eine rauchen.»

Die Brusthaare, die aus dem halboffenen Pyjamaober-
teil hervorschauten, waren flusig und schütter geworden,
ersten Babyhaaren gar nicht so unähnlich. Ich überlegte,
ob ich ihm seine Prothese reichen sollte, weil mich das
eingefallene, zahnlose Gesicht verstörte. Beim Sprechen
grimassierte er, auf der Suche nach einem Ersatz für den
Part der Zähne, der Zunge Widerstand zu leisten, wenn sie
die Konsonanten bewältigen mußte.

«Eine rauchen», wiederholte er.

Und dann: «Wo kommst du her?»

«Aus Amerika.»

«Was macht die Logik?»

«Die Logik?»

«Carnap!»

«Ach so», sagte ich, «die Prüfung – die ist lange vorbei.»

Ich hätte auch sagen können, daß mein Studienab-
schluß sechs Jahre zurücklag und ich seitdem mit Carnap
rein gar nichts mehr zu tun gehabt hatte, aber es schien
mir sinnlos ausführlich und beschämend genau.

Ich suchte aus der Erdbeerschale eine halbwegs schöne Frucht und reichte sie ihm. Er schnappte eigenartig mit dem Mund danach, ohne die freie Hand zu benutzen.

«Der Garting mag deine Gedichte.»

Die halbe Erdbeere kam beim Sprechen unzerkaut wieder zum Vorschein, er merkte es nicht. Ich stand auf und ging ins Bad, froh, mich entfernen zu dürfen. Die Habseligkeiten – Rasierzeug, Kamm, Zahnpasta – beruhigten, gaben dem Ganzen das Vertraute einer Reise, einer kurzen Abwesenheit, einer gewissen Rückkehr. Zum Sterben packt niemand die Zahnbürste ein.

«Was», hatte mich einmal ein Freund gefragt, «was würdest du als Grabbeigaben mitnehmen wollen?» Ich hatte ernsthaft darüber nachgedacht, eine anstrengende Frage, auf die man, schien mir damals, nur dumme Antworten geben kann, weil die Frage selbst bereits die Sehnsucht thematisiert, essentiell in den Dingen vertreten zu sein, wenigstens dort, und die Antwort ihr nur noch blind sekundieren kann. Ich wäre lieber in der Lage gewesen, die Trauer auszudrücken, statt sie in einer symbolischen Handlung zu verbergen. Heute verstehe ich das Tröstliche daran.

«Der Garting mag deine Gedichte.»

Diesmal keuchte der Vater beim Sprechen, ich lief zurück ins Zimmer und wischte ihm mit einem Papiertuch die zerquetschte Erdbeere von Kinn und Brust. Jeder Knochen war zu ertasten, eine große Zerbrechlichkeit.

Der kleine Schlauch war aus der Nase gerutscht, ich schob ihn wieder hoch.

«Das freut mich», sagte ich, um meinen Vater vor einer dritten Wiederholung zu bewahren, dabei hätte ich antworten sollen, daß ich seinen sogenannten Bundesbruder Garting nicht ausstehen konnte, sein Burschenschaftsgehabe, seine greisenhafte Geilheit, sein Vertriebenengeschwafel, die Salzburgseligkeit – dort fanden die jährlichen Treffen der *Franken* statt, bei denen die alten Grenzen von den Festrednern beschworen und von den anderen betrunken wurden.

Er war Kitsch. Er haßte die Polen und faßte den Polinnen gern an den Hintern. Er konnte einem so lang auf die Beine starren, daß sie steif wurden. Er schätzte Konfektionsgrößen der Bundesbrüdertöchter, unterschied zwischen «obenrum» und «untenrum». Und er schrieb Gedichte. Mit fünfzehn hat mich einmal seine Gesellschaft so unglücklich, so lebensverdrossen gemacht, daß ich mich mit mehreren Gläsern Bier in ein Delirium trank. Ich hatte vergessen, daß er auch Arzt war: So schaute ich, als ich meine aufschlug, in seine Augen. Und wünschte vergeblich, das große Kotzen käme zurück. Jahre später las ich einige seiner Gedichte (er hatte sie meinem Vater geschickt, der wahrscheinlich voll Stolz eine Auswahl meiner ersten veröffentlichten Lyrik per Rundbrief an alle Franken versandt hatte, an Garting jedenfalls), und es brachte mich noch mehr gegen ihn auf, daß er meine gelobt hatte. Seine waren sentimental und revanchistisch, Vertriebenengeheul, das nichts mit echtem Kummer und wahren Verlusten zu tun hatte. Die Reime dressierten die Gedichte in eine Pose der Erstarrung, sie waren von Anfang an museal. Ich hoffte sehr, daß mein Vater nichts mehr über ihn sagen würde, aber er fragte nach:

«Wie findest du seine?»

«Seine?»

«Gartings Gedichte.»

«Garstig», antwortete ich, und mein Vater freute sich an dem Wortspiel, er lachte wie ein Säugling, glucksend, zahnlose Gaumen zeigend – glücklich, als hätte ich ihn gekitzelt. Dann sackte er plötzlich weg, unansprechbar, das Gesicht echsengleich, urgeschichtlich fern.

Ich setzte mich auf die Bettkante und erschrak, als er, Sekunden später, ohne die Augen zu öffnen, mit einem Ruck die Bettdecke zurückschlug und an dem neugelegten Katheter riß. Zum ersten Mal sah ich meinen Vater nackt. Zu Hause hatte er immer große Umstände gemacht, um zu verhindern, daß wir, die Töchter, ihn nackt sahen: Da widerstritten sich seine Bequemlichkeit und seine Prüderie. Er schlief nur im Oberteil des Pyjamas; bei seinen nächtlichen Streifzügen auf der Suche nach Eßbarem – er schlief so gut wie nie durch, schlief dafür am Tag, umnachtet von den Tabletten, die er in großer Zahl geschluckt hatte – war er zu bequem, sich die Hose anzuziehen, und griff dann nach dem Erstbesten, einer Zeitung, einer Stoffserviette, einem Teller, um sein Geschlecht dahinter zu verstecken, wenn eine von uns, schlaftrunken auf dem Weg zur Toilette, ihm im Flur begegnete. Einmal mußte ich wegen einer schlechten Note bei ihm im Bad antreten, weil er anscheinend den Tadel für unaufschiebbar hielt. Er hatte sich ein Gästehandtuch aufs Genital gelegt, das vollgesogene Frottee lag erschlagen auf seiner weißen Haut. Vor Erregung und Ärger gestikulierend, gerieten Wasser und Handtuch in Bewegung, ich verfolgte mit großer Anspannung, wie es fast davongetragen wurde, und hoffte inständig, es möge liegenbleiben. Ich wollte ihn nicht nackt sehen, sowenig wie ich sein Skelett oder seine Organe sehen wollte. Der Grad der Entblößung schien mir der gleiche. Daß ich von ihm abstammte – eine Abzweigung, ein Ausschnitt war –, schien mir im Zustand der Nacktheit auf die wörtlichste Bedeutung reduziert, alles Potentielle war gelöscht zugunsten einer fest berechneten Summe. In den Anzügen, die er trug, war er im Auftrag unterwegs: zum Bridgeturnier, auf Klassenfahrt, zu Symposien. Kleidung war etwas Öffentliches, war Lebensstoff, Kleidung erzählte vom Vater und wies nicht auf die Tochter zurück. Im nackten Körper dagegen war der Vater – auf dem Kind unheimliche Weise – ohne Vorwände zu Hause und ähnelte darin allen anderen Menschen. Also auch der Tochter.

Ich versuchte, ihn wieder zuzudecken, aber er widersetzte sich mit überraschend viel Kraft. Ich verstand, daß er Schmerzen hatte.

Wie gedörrte Datteln lag der Hodensack erschlafft zwischen den knochigen Oberschenkeln. Plötzlich schien der Körper mir nicht mehr nackt, sondern künstlich: Er hatte die Ruhe und Fremdheit eines Stillebens angenommen, komponiert aus eigentlich nicht Zusammengehörigem.

Schwester Hildegard kam mit einem tiefen Seufzer durch die Tür, «schon wieder», sagte sie, «schon wieder –

je oller, desto …» Sie schwieg vielsagend, warf mir einen Blick zu, unter Komplizen, doch ich ergänzte nichts.

«Was fehlt ihm eigentlich?» fragte ich und schaute an den Infusionsschläuchen entlang, als führten sie zu der Antwort. Es war mir unbehaglich, weniger über meinen Vater zu wissen als Schwester Hildegard, von deren Existenz ich bis vor einer Stunde nichts gewußt hatte und deren Nachnamen ich nicht kannte. Gleichzeitig wünschte ich mir eine kompetente Darstellung dessen, was da, in der Gestalt meines Vaters, im Bett lag. Ich wollte damit rechnen können.

«Ach», sagte sie und winkte leicht ab, «er hat alles, was Sie vom Rauchen haben können, vom Lungenkrebs über Legionär bis Arteriosklerose.» Bei Arteriosklerose tippte sie sich an den hennaroten Kopf, «da oben, vor allem». Sie sagte «do obbe», und das klang vernichtend.

Während sie mit mir sprach, hantierte sie am Katheter, mein Vater gab Töne von sich, die ich nicht deuten konnte, weil ich nicht hinschaute. Die Müdigkeit der durchwachten Nacht im Flugzeug beschwerte meinen Körper – er wurde zu einer Karkasse, die ich über die Türschwelle in das gegenüberliegende Schwesternzimmer schleppte und auf die nächstbeste Sitzgelegenheit fallen ließ. Der Tee, den mir Schwester Hildegard ohne Nachfrage brühte, schoß heiß durch das Röhrensystem, das Hohlräume miteinander verband. Ich war versorgt. Nebenan wurde geatmet.

Ich bin mir nicht sicher, welche Haarfarbe mein Vater als junger Mann hatte. Und habe auch nie danach gefragt.

Es gibt nur Schwarzweißfotografien; die farbigen zeigen ihn bereits grau. Er war schon grau, als ich auf die Welt kam, 42 Jahre alt, Studienrat für Mathematik und Physik. Vier, eigentlich dreieinhalb Finger im Krieg verloren, Einschußnarben in den Beinen. Schlank war er und eitel. Vor dem Spiegel und auf dem Balkon jeden Morgen Gymnastik: Er streicht sich die Gesichtshaut energisch vom Kinn an aufwärts, im Wechsel, links, rechts, dann schlägt er leicht auf die Wangen: für die Durchblutung, gegen Falten. Auf dem Balkon dann Kniebeugen, mit ausgestreckten Armen, die durch die fehlenden Finger merkwürdig spitz, zangenartig zulaufen. Ich habe achtzehn Jahre mit ihm gelebt und dreizehn ohne ihn. Er hat Künstler, meist Maler, zu Freunden, spricht fließend Polnisch. Er bewundert Eurasierinnen. Er schwärmt überhaupt von Frauen. Er galt, erzählt er, als fesch. Poldi. Er liebt Kurorte und Bridge. Er sammelt mit einer gewissen Willkür Perserteppiche, Goldmünzen, Zinnbecher und Nobelpreisträger in der «Weißen Reihe». Die Teppiche und die Bücher hat er sich von einem redseligen Vertreter aufschwatzen lassen. Stiche sammelt er aus Leidenschaft, in dem Geschäft, wo er sie rahmen läßt, gibt er ein Vermögen aus. Ich habe eine Tübinger Stadtansicht von ihm bekommen, Hölderlinturm, Neckarinsel. Außerdem, braun gerahmt, eine Fotografie von Kants Denkmal in Königsberg, leicht stockfleckig. Ein kleiner Kant auf sehr hohem Sockel. Anfangs hatte die Anschaffung von Stichen mit seiner Biographie zu tun – Krakau, Lemberg, Wien – oder mit der des Beschenkten – Königsberg, überhaupt Ostpreußen bei meiner Mutter –, später, nachdem jede Lebensstation als Stich an der Wand hing, trat auch hier eine gewisse Willkür, vielmehr Kennerschaft ein. Es kam nun auf den Graveur, den Druck an, nicht mehr auf das Motiv. Das Leblose des Erbeuteten, Jagdtrophäen gar nicht unähnlich, wuchs den Stichen an der Wand, an allen Wänden zu, gruselig, als hätten sie tatsächlich vor der Rahmung einmal gelebt. Vielleicht habe ich deshalb nie etwas gesammelt: aus Furcht, der Sammeleifer würde den Tod für das Entrissene bedeuten und den Sammler zum Schmarotzer machen, der sich fremde Bedeutung leiht. Genausogut ist möglich, daß ich alles Sammeln unterlassen habe, um dem Vater nicht auch noch in einem Bereich zu ähneln, den ich selbst beeinflussen konnte wie zum Beispiel die Wahl meiner Steckenpferde.

In der zweiten Klasse gab uns die Lehrerin einmal zur Aufgabe, wir sollten aufschreiben, was unsere Väter gerne tun, zu Hause tun. (Der Boom von *Do it yourself* stand bevor). Ich schrieb «Kamm und Bürste waschen» und meinte damit ein bestimmtes Ritual, das er tatsächlich, als einzigen Beitrag zur Hausarbeit, einmal wöchentlich durchführte: Er füllte das Waschbecken mit Wasser, drückte eine Regenwurmlänge *Rei in der Tube* dazu und weichte seinen kleinen Schildpatt-Kamm in der Lauge ein. Die Bürste hatte ich dazu erfunden, weil mir ein Kamm allein zu dürftig erschien. Mein Vater war sehr gekränkt, daß ich nicht «lesen» oder «schreiben» genannt hatte, meine Mutter lachte darüber, wenn er nicht dabei war.

Auf Spaziergängen interessierte er sich am meisten für Baustellen, entsprechend wurden die Routen durch Neubauviertel gewählt, die Luft vollgesogen mit dem modrigen Geruch nassen Betons, der schwer zu vereinbaren war mit dem Verheißungsvollen eines Beginns.

Er stand vor den Baugruben, rauchte, begutachtete alles mit einer Neugier, als ginge es um ein eigenes Projekt. Das war die eine Seite. Die andere war, daß er sich mit jedem im Entstehen begriffenen Eigenheim, das besichtigt wurde, mehr genötigt sah, die eigene Teilhabe am Wirtschaftswunder-Wohlstand unter Beweis zu stellen, also selbst ein Hausherr zu werden, zähneknirschend. Bausparen und schlechte Laune gehörten fortan zusammen. Was anderen Leuten zu passen schien, war uns immer eine Nummer zu groß. Die Ansichten darüber, wer am besten hineinwuchs in die neuen Umstände, sie am besten ausfüllte, waren geteilt. Streit um Streit. Wenn mein Vater zornig war, wurden seine Augen böse, und die Farbe wechselte von einem hellen Braun zu dem Gelb von Polizistenhemden. Später erzählten mir einige seiner Schüler, wie sehr die Wutausbrüche gefürchtet waren, die Scharfzüngigkeit und die Unbarmherzigkeit, die sie begleiteten. Er interessierte sich nur für gute Schüler und hübsche Schülerinnen. Begabten Schülern half er – solange es noch Schulgeld gab – auch finanziell. Fotografien von Klassenfahrten zeigen ihn mit der Zigarette in der Hand, grinsend, ein Künstler unter Künstlern. Vermutlich stand sein Haß auf die Schule dem seiner Schüler in nichts nach. Auf einem Bild haben Schüler ihn schlafend aufgenommen: Er liegt mit zerwühltem Haar unter einer Wolldecke mit der Aufschrift *Deutsche Jugendherberge*, und man sieht, daß er die halbe Nacht fidel war – eine selbstzufriedene Verschmitztheit in den Mundwinkeln, der letzte Rest eines guten Witzes. Er kannte alle Witze aus Salcia Landmanns *Jüdische Witze*, er erzählte sie pausenlos. Eine Pointe wurde als Familiensprichwort eingemeindet: *Wird sich Ziege dran gewöhnen* (Moisches Antwort auf die Frage, ob es nicht kompliziert sei, auf so engem Raum mit Frau und Ziege zusammenzuleben). Immer wenn jemand eine Schwierigkeit voraussah und zu bedenken gab, war das seine Antwort: *Wird sich Ziege dran gewöhnen.*

Er interessierte sich ausschließlich für Osteuropa, südlich der Alpen begann für ihn Afrika. Er stellte – in langen Monologen – sprachwissenschaftliche Vergleiche zwischen den slawischen Sprachen an. Niemand konnte ihm folgen, erst meine Schwester, die Slawistik studierte, hätte seine Ausführungen kompetent kommentieren können – aber da war sie schon ausgezogen. Ich ging nach Italien; eine von vielen Entscheidungen, die aus dem Wunsch geboren waren, das genaue Gegenteil dessen zu tun, was über die Familiengeschichte gewissermaßen standardisiert, als Norm vorgegeben worden war. Als er mich später in Florenz besuchte, Bologna als die älteste Universitätsstadt wahrnehmen mußte, die Schätze der Renaissance nicht übersehen konnte, da lobte er die gutsortierten Antiquariate von Florenz. Ausreichender Beleg für die Zugehörigkeit zu einem Europa, dem er traute. Mit dem Kauf einer Reisekarte durch das Europa des späten 18. Jahrhunderts verlegte er die Grenze Afrikas bis hinter Rom.

Während ich unter Schwester Hildegards zerstreuten Blicken einen zweiten Teebeutel ins Wasser tunkte, zusah, wie er sich blähte, an die Oberfläche trieb wie eine gedunsene Wasserleiche, fiel der zweite Witz aus dem Hinterhalt über mich her, der mit dem *Wunder.* Es dauerte Jahre, bis ich ihn verstand, denn er lebt ausschließlich von der Betonung. Der alte Moische geht zum Rabbi, besorgt; seine junge Frau Sarah, vierundzwanzig, ist schwanger, und er fragt den Rabbi, ob alles mit rechten Dingen zugegangen sei. «Wenn sie von dir schwanger ist, ist es ein *Wunder*», erwidert der Rabbi, «ist sie es nicht, *ist* es ein Wunder??»

Ich drehte und wendete den Witz wie die Münze einer unbekannten Währung. Das Grinsen, das der Pointe vorausging, sie abschmeckte, ihre Würze vorausnahm, hatte nichts mehr mit dem schweratmenden Mann nebenan zu tun, auf dessen Nachttisch Zahnprothese und Erdbeeren einander mutlose Nachbarn waren.

Wann hatte es angefangen, daß in seinem Leben das Essen wichtig wurde, den Höhepunkt des Tages bildete und er nach dem Essen – dessen Zusammensetzung und Ablauf morgens bestellt und ausgemalt wurden – dasaß wie ein Mann ohne Zukunft?

Es war dämmrig im Schwesternzimmer – keiner hatte die Deckenbeleuchtung eingeschaltet, ich dachte so vor mich hin, in meine Müdigkeit eingeschlossen wie in einen Kokon. Hin und wieder kam Schwester Hildegard hinein, mit geblähtem Kittel, im Gesicht noch immer den Ausdruck des Verdrusses, mit dem bewaffnet sie auch das Zimmer meines Vaters betreten hatte.

Einmal, auf einer Österreichreise – oder war es eine Polenreise –, hatte sich mein Vater einen sogenannten Russenkittel gekauft, ein beiges Kordhemd mit feinen Rippen und Stehkragen. Warum fiel mir das jetzt bloß ein? Aus welcher Verwerfung entstehen inmitten verhangener Ungewißheiten stechend scharfe Bilder? Waren es lediglich der Schwesternkittel und der Russenkittel? Womöglich ist das Vergessen viel stärker mit der eigenen Haut verbündet als das Erinnern. Das Erinnern findet seine Gegenstände, seine Umstände vor, das Vergessen wählt aus, was es nicht mehr Geschichten anvertraut, sondern nur noch einem internen Stoffwechsel. Es wehrt sich gegen das Vorgefundene aus Not.

«Jetzt», verkündete mein Vater, als er in dem Kittel vor uns stand, «jetzt sehe ich aus wie Doktor Schiwago.» Die Ähnlichkeit zu Omar Sharif war gering, aber heute glaube ich, daß der Kittel ihm vorkam wie der Dichterfrack, den Schiwago trägt. Wahrscheinlich hätte auch er gerne nachts, bei Kerzenschein und mit klammen Fingern, Gedichte geschrieben, irgendeine Unendlichkeit – die Taiga, die Mathematik – sinnstiftend vor sich. Statt dessen ruheloses Streifen durch ein geheiztes Haus ohne Wagnisse, ohne Frieden.

Neben dem Wunsch, Dichter sein zu wollen, gab es noch den nach Adel. Ich erinnere mich an ein Gerücht – von ihm selbst in die Welt gesetzt oder mindestens am

Entstehen nicht gehindert –, daß unser Urur...großvater aus Solidarität mit den Zielen der Französischen Revolution seinen Adelstitel abgelegt hätte. Meine Schwestern und ich ließen den neuen-alten Namenszusatz gelegentlich probeweise über die Zunge gleiten, fügten vielleicht noch eine Baronesse hinzu, einen Ausfallschritt, ein affektiertes Lachen, und die Kinder aus dem Ahlerweg, aus den Dienstwohnungen der Bundesbahnangehörigen und unsere unmittelbaren Nachbarn, Kinder, mit denen wir nicht spielen durften, rückten in noch größere Ferne. Der Dünkel war lange vor dem Wohlstand da. Der Dünkel war Ersatz für ihn.

Für einen Lehrer war der Vater extravagant gekleidet. Ein Foto auf der Klassenfahrt, auf einem Rheindampfer, zeigt ihn in hellem Anzug mit einem dunkleren Hemd, schwarz-braun gewürfeltes Muster, die Hände, wie immer, in den Taschen vergraben. Nie Sandalen, jedenfalls keine, die die Zehen entblößen (diese Abneigung habe ich geerbt), keine hellen, keine gemusterten Strümpfe. Der Minimalismus des Bohemiens. Neben der Pflege des Kamms war ihm die der Schuhe wichtig – die allerdings delegierte er an meine Mutter, genauer gesagt: Er putzte die Spitzen und überließ die Absätze ihr. Diese Arbeitsteilung hatte er bereits mit seiner Mutter praktiziert. Die gewichsten, glänzenden Schuhe, mit hölzernen, massiven Schuhspannern: Die Schuhe waren für mich der Inbegriff eines Mannes von Welt. Sie standen in unserem Hausflur und gehörten dort nicht hin. Sie wohnten nicht bei uns, sie kehrten nur ein. Die Schuhe, die Kleidung waren die sichtbare Distanzierung von der Provinz, eine teure Auflehnung gegen sie; gegen die katholische Verschwörung, gegen die rhein- und weinselige christdemokratische Selbstgefälligkeit des Kaffs, in das es ihn nach dem Krieg verschlagen hatte. Das nahegelegene Mainz, Universitätsstadt immerhin, wurde zum Utopia, später zum realen Wohnort und nun zum Ort, in dem er sterben würde. Bielitz (Bielsko) 1913, Mainz 1986. Der Bus, mit dem ich fünf Jahre lang zum Frauenlob-Gymnasium gefahren war, hielt direkt vor der Universitätsklinik, in der er nun lag, manchmal stiegen verweinte Frauen ein. Zum ersten Mal hatte ich heute die Busfahrt an dieser Stelle unterbrochen; auf halber Strecke Lebensende. Ich wußte nicht, ob das bedeutsam war oder banal – überhaupt ließ sich das in diesem Raum (den ich dem Krankenzimmer vorzog) nicht bestimmen, alles war gleich aufgeladen, gleich belanglos.

Die Schüler hatten ihn Poldi genannt. Einer von ihnen, der später Priester wurde, äußerte sich Jahrzehnte später zu diesem Klassenlehrer als einem, der immer versucht hätte, die Philosophie und die Mathematik zusammenzudenken – und die Lyrik. Wen das nicht begeisterte, der wurde geschnitten und mit ungeduldiger Nichtachtung bestraft. Aus dem Brief spricht auch ein naiver Enthusiasmus, ein anrührender Enthusiasmus, überhaupt etwas fürs Leben gelernt zu haben. Einen, der im Krieg zur Welt kam, überrascht die Erfahrung (und erfüllt ihn mit Dankbarkeit), daß die Welt durchaus Rand und Band haben kann. Mich wunderte und rührte, daß mein Vater dies jemandem bieten konnte.

«Sehr am Vater gehangen?»

Schwester Hildegards Gesicht tauchte unvermutet ganz dicht vor meinem auf, leuchtend wie der Vollmond und genauso wichtig.

«Gute Frage», sagte ich und kam mir vor wie ein Tölpel, «gute Frage.» Während ich so unbeholfen antwortete, vielmehr nicht antwortete, kam ich mir vor wie ein Fußballer, der, zum schlechten Spiel befragt, sagt, man könnte es nicht allen recht machen, oder ähnlichen Unsinn. Aber Schwester Hildegards Frage war rein therapeutischer Natur und daher nicht auf eine Antwort angewiesen, ja, die Fragestellerin selbst mußte bei dem Ausbleiben der Antwort nicht einmal mehr anwesend sein.

Inmitten der großen Müdigkeit spürte ich vage Zweifel an der Nähe des Todes. Alles in allem hatte ich mit meinem Vater ein ziemlich normales Gespräch geführt, die Ausfälle, die Schwerhörigkeit nicht dramatischer als in den letzten Jahren. Die Arteriosklerose hatte die Beine und das Gehirn angegriffen, ihn also von Kopf bis Fuß in der Zange. Die Verengung der Arterien verengte auch sein Bewußtsein in erschütternder Wörtlichkeit: Alte Ressentiments, Rassismus und Dünkel wurden aus der Tiefe emporgespült und schwammen sich frei – in Bahnen, die nichts anderem mehr offenstanden. Die letzten Lebensjahre: Jahre der Beschränktheit. Die Vorstellung, die vor noch gar nicht so langer Zeit grassierte, daß Krankheit und Todesnähe spiritualisieren, gewissermaßen das Feinste in uns zum Blühen bringen, war reine Belletristik. Ich hatte mir den Tod unstrittiger vorgestellt, ich dachte, er müsse eine Aura haben von Herrlichkeit und Elend und mindestens bei den Zeugen des Sterbens so etwas wie einen neuen Blick, eine neue Wahrnehmung erzwingen. Statt dessen fühlte ich nur Groll über diesen merkwürdig verschwommenen Abschied vom Leben – mehr ein Ableben als ein Sterben – und über meine Anwesenheit, deren Sinn unmittelbar an das Eintreten eines dramatischen Höhe- und Schlußpunktes gekoppelt war. Weit weg wünschte ich mich. Ich hatte mir – das verstand ich allmählich in diesem Schwesterndienstzimmer, das ich sicherlich demnächst für die angekündigte Nachtwache bei meinem Vater würde räumen müssen – Klarheit vom Ende erhofft. Auf einen Schlag zu begreifen, was es hieß, Tochter zu sein, Tochter dieses Mannes. Es war aber alles wie immer: Unlust, Hadern, versehrte Liebe, Wunsch nach Ferne. Entsprungen will man sein, nicht erzeugt. Hier aber wurde alles wieder auf die Anfänge zurückgeführt.

Der letzte Schluck Tee, am Tassenboden eine Pfütze, Farbe von Putzwasser. Ich stand auf, die Knie weich und unwillig.

Im Gang Stille. Der Geruch oder die Konsistenz der Luft erinnerten an Stearin, tückisch schienen mir die Geländer entlang den Wänden, tückisch, weil sie jeden zum gewissen Ende führten und ihn bis zum letzten Moment in Sicherheit wiegten.

Im Zimmer brannte nur schwaches Licht. Die Nase meines Vaters spitz aus den Kissen ragend, Wilhelm Busch, dachte ich – überhaupt alles an ihm schien karikiert und zugespitzt, skizzenartig auf wenige Erkennungsmerkmale reduziert. Ich nahm die Schale mit den Erdbeeren und leerte sie in die Kloschüssel; hartnäckig, auch nach mehreren Spülvorgängen, schwammen die grauen Blättchen (längst nicht mehr grün), die den kurzen Stiel so putzig umrandend zieren, im schäumenden Wasser oben. Morgen würde ich neue Erdbeeren besorgen (sicher ein zeitaufwendiges Unternehmen – gut so) und die nicht gegessenen wieder hinunterspülen. Das gab dem Tag einen Rahmen, der mich festigte. Daß ich keine Mühe scheuen würde, Erdbeeren aufzutreiben, sprach unstreitig für unser Verhältnis. Auch ich würde es so auslegen dürfen.

Ich wußte fast nichts über ihn.

Auf bräunlichen Fotos ein zartes Kind, mit knöchelhohen Schuhen, immer an irgend etwas gelehnt, die Knie des Großvaters, ein Stehpult, einen kleinen Tisch. Mit drei Jahren ungefähr trägt er ein Gehröckchen mit Spitzenkragen, das kleine Gesicht in sehr besorgten Falten. Die Ohren wie Henkel links und rechts von einem eindrucksvoll großen Schädel mit breiter Stirn. Ein rührend unschönes Kind, mit vierzehn nicht mehr wiederzuerkennen. Da sieht er aus wie die Knaben in den Truffaut-Filmen, sensibler Mund, dunkler Blick, die Haare elegisch weich zurückgekämmt, mädchenhaft schmal. Ein Krieg liegt bereits hinter ihm.

Er ist ein guter Schüler, so gut, daß er ein Stipendium bekommt und die Eltern nicht für das Schulgeld aufkommen müssen. Das erzählt er später seinen Töchtern immer wieder. Aber wie waren die Tischgespräche, ging es laut und närrisch zu (mit zwei jüngeren Schwestern)? Oder eher sittsam und still? Was kochte seine Mutter? Wie roch es in der Wohnung? Worauf freute er sich? Wovor hatte er Angst? Ich weiß fast nichts. Das Erzählte erstickt das Nichterzählte – so geht der Alltag verloren. Möglicherweise sind Kinder für Eltern der beste Anlaß, der eigenen Biographie die Ordnung einer Geschichte zu unterlegen, auch weichzuzeichnen – alles auszulassen, mit dem man uneins ist, von dem man beschämt ist, wovor man sich fürchtet. Kinder sind der Glücksfall von idealem – also geneigtem – Leser, der die Fiktion, daß das Leben seine Geschichten erzählt (statt daß die Geschichten sich das Leben untertan machen) noch stützt. Die Vergangenheit ist nahezu so ungewiß wie die Zukunft, und die Erinnerung ist Parteigänger des Erfolgs. Die Unwahrheit nur eine Frage der Dosierung.

Ich war bis zum Fußende des Betts gerückt, so daß ich das Gesicht meines Vaters hinter Schläuchen nicht mehr sah. Dennoch fühlte ich mich beobachtet. Ich fragte ihn, vielmehr seinen Schatten, ob er schliefe, er antwortete nicht. Er half mir ganz offensichtlich nicht bei dem Versuch, die gemeinsam verbreiteten und gehüteten Fiktionen und Beschönigungen fortzuführen – immer hatte ich mich auf die Entlastung der Selbstbeschwörung verlassen können, ein Kitt, der jedes Scheitern übertünchte und Absichten zusammenhielt, deren Ernst sich nie durch Verwirklichung beweisen mußte. Von der Endgültigkeit des Todes hatte ich mir die ultimative Lüge oder Wahrheit versprochen: den Ausbruch einer Liebe jenseits von Geschichte, am Ende, durch das Ende besiegelt. Keine Familie ohne Legendenbildung, aber unsere, dachte ich hier, hielten nicht stand. Sie hatten nicht Bindungen geschaffen, ja nicht einmal Gewißheiten, sondern Hindernisse, Zweifel, Ballast. Daß immer wieder dasselbe erzählt wurde, machte es für mich, hier, an seinem Bett sitzend, vom Abschied verstört, nicht vertrauenswürdiger, sondern verdächtiger. Es waren womöglich Deckversionen, Tarnungen des Schwierigen und Widersprüchlichen. Die Verstellung als Status quo. Daran, daß mein Hals naß wurde, merkte ich, daß ich weinte. Und mißtraute den Tränen: die Simulantin am Bett des Simulanten, ein Geschlecht von Simulanten, vom Aussterben alles andere als bedroht. Ich wollte nicht hier sein, ich hätte nicht kommen sollen – der fehlende Mut ließ sich beziffern, 550 Dollar, der Preis meines Flugtickets. Den Tod hatte ich für das Ereignis gehalten, das die Verstellungen und das Hadern überwindet, sie Lügen straft. Aber derjenige, der hier im Bett lag und seinem Ende entgegendämmerte, rückte nicht näher. Die Kreise seiner Geschichte und meiner überschneiden sich; die Schnittmenge ist genau umrissen und doch unbekannt und unbenannt. Was er war, bevor er mein Vater wurde, blieb so lange unter einer Schicht schützender Mythen verborgen, wie Erzähler und Zuhörer diese speisten. Eine familiäre Koproduktion, eine alle Familienmitglieder beschäftigende Bastelarbeit. Sich gegenseitig etwas anzudichten ist nicht ausschließlich dem Wunsch geschuldet, Unangenehmes zu beschönigen. Es entsteht auch aus dem Verlangen nach begründbarem Zusammenhalt: Der stellt sich ein, kaum daß eine Geschichte beginnt.

Mir ist kein Unmensch entgangen – nur ein gewöhnlicher, begabter Mann, dessen Ehrgeiz größer war als sein Mut. Radikal im Ausblenden der Grausamkeit, mit der die Verwirklichung seiner Ambitionen einherging. Aber vielleicht nimmt der Krieg auch denen, die ihn überstehen, die Regie über ihre Biographie aus den Händen, den Tätern wie den Opfern – wenn auch aus entgegengesetzten Gründen. Sie erinnern sich anders: Die einen beharren auf ihrer Version der Geschichte, die sie entlasten soll, die anderen trauen keiner Geschichte mehr über den Weg: Zuverlässigkeit haben sie nur als Gewißheit der Vernichtung erlebt.

Ich erinnere ihn. Der einzig verläßliche Teil der Erinnerung ist der Körper. Das ist der Anfang. Riechen, Schmecken, Tasten. Hören und Sehen vergehen nicht. Erinnern und Vergessen sind verschränkt und beauftragt in einer Art Selbstschöpfung – wir erfinden uns und geben unseren fragmentarischen Körpern die Würde einer Geschichte, in der Fiktion zum ersten Mal total. Aus Bruchstücken ein Vater, aus Bruchstücken die Tochter, die Risse sichtbar und erhellend. Und mit jedem Wort wächst das Vertrauen ins Artefakt. Vielleicht, weil Kunststücke immer einen Umriß haben.

*Ruppertsklamm*

Da fließt die Lahn. Dunkelgrün. Auch der Geruch dunkelgrün – es riecht nach Verbotenem, nach Spuren von etwas, welches das Kind betreffen könnte, ein wenig verkommen und lebendig. So, denkt das Kind, riecht der Katholizismus. Man badet in der Lahn, zeltet an ihren Ufern, rutscht von der begrünten, glitschigen Böschung in das kalte, metallene Wasser, dem das Kind einerseits traut und das es andererseits fürchtet. So wie es den Schwimmer umfängt, ist es zärtlich, so wie es gluckst und strömt, strudelt manchmal, ist es tückisch, als hätte es ein fieses Geheimnis. Das Kind möchte ihr Verbündeter sein, es hätte die Lahn gern für sich allein. In den Büchern, die das Kind liest, leben viele an Flüssen: sammeln Kieselsteine, bauen Flöße, angeln. Sind also befreundet mit den Flüssen, auf du und du. Für das Kind ist die Lahn eher eine Kirche, eine düstere, tröstliche Umschließung, mit vielen, noch abzulauschenden Geschichten und vielen, die für alle Zeiten ungeteilt bleiben würden. An der Lahn sein hieß, den Geschichten auflauern. Dabei mußte das Kind so gut wie möglich verschwinden. Fragen gab es nicht, nur Tarnung, die so vollkommen sein mußte, daß der Fluß sich allein wähnte. (Auch eine Kirche seufzt nur, wenn die Gläubigen längst fort sind.)

An der Lahn trocknen die Badeanzüge nicht, weil die

Bäume ihre Zweige und ihr Laub bis ins Wasser halten und dadurch die Sonne aussperren. Der nasse Badeanzug auf der Haut mit bunten Fischen darauf, dazu ein leichtes Frösteln, bedeuten also Sommer. Schwitzen war der Lahn unbekannt, Knutschen nicht. An den Ufern der Lahn gab es verschlungene Paare, umarmte Knäuel – man konnte manchmal nicht sehen, wer der Mann und wer die Frau war, auch wegen der Handtücher und Decken. Wenn das Kind als Tochter an der Lahn ist, legt sich der Vater auf den Bauch, und die Töchter müssen auf seinem Rücken balancieren wie auf einer Turnbank. Davon gibt es Fotos. Es diente der Massage des Rückens und dem Gleichgewichtssinn der Töchter.

Wenn Kollegen oder andere Freunde des Vaters auch zum Baden mitkommen, fällt die Übung aus. Die meisten dieser Freunde ziehen sich nicht aus, sie liegen auf der gewürfelten Decke, schlechtgelaunt, als wäre die Freundschaft anstrengend, jedenfalls an der Lahn. Wenn man vom Schwimmbad aus die Straße überquert, kommt man zum Eingang in die Ruppertsklamm. Dort geht das Kind als Tochter oft sonntags mit den Eltern und Schwestern spazieren. Eigentlich ist es mehr eine Kletterpartie als ein Spaziergang. Wenn die Lahn die Kirche ist, ist die Ruppertsklamm der Kirchturm. Von oben fällt Licht hinein, ansonsten ist auch sie dunkelgrün und riecht nach Fluß und Fraglichem. Der Unterschied ist, daß im Turm der Wind so haust und tobt, daß das Geländer, das längs zum felsigen Aufstieg hinaufführt, nicht nur gebraucht wird, weil man auf dem nassen Untergrund rutscht, sondern auch, weil der Wind so stark bläst. Als wollte er keine Gläubigen oben auf der Empore, dort, wo das Licht gewinnt. Das Wasser gleitet so glatt die Felswände hinab, daß es aussieht wie Zellophan. Nur wenn es auftrifft, sieht man, daß es aus Tropfen besteht. Bei den Spaziergängen in der Ruppertsklamm wurde kaum gesprochen, weil alle keuchten. Auf anderen Spaziergängen sagt der Vater: «Kinder voraus», dann wurde gesprochen, aber die Töchter hörten nicht, worüber. Je mehr der Vater sprach, um so größer wurde der Abstand zwischen der Eltern- und der Töchtergruppe.

In der Ruppertsklamm wurde die Natur gelobt, die der Familie einen solchen Aufstieg und Ausblick verschaffte. Die Töchter sangen zusammen mit der Mutter manchmal auch Wanderlieder *(Im Frühtau zu Berge wir ziehn, fallera)*, wahrscheinlich erst auf dem Nachhauseweg, abwärts, denn vorher waren alle zu sehr außer Atem. Da wir kein Auto besaßen, waren alle Ausflüge lang. Bei einem Aufbruch schwebte am Himmel ein Zeppelin. Er hatte die Form einer Bombe oder eines riesigen Zäpfchens und flößte dem Kind Angst ein. Im Stillstand lag eine besondere Bedrohung. Unter Umständen waren dem Kind auch Fotos der brennenden *Hindenburg* bekannt. Oder ich, die ich die Bilder kenne, schreibe den Schreck darüber nun dem Kind zu. Denn das Kind hat das meiste vergessen, vielmehr: Es ist unter dem Erinnern hindurchgeschlüpft wie unter einem Zaun, der den Zugang zum angrenzenden Fremden verwehrt. Denn Erinnern gilt zunächst nur dem, was bereits da ist, im Vergessen dagegen eignet man sich das Ausgesperrte an, noch sprachlos. Die erste Entmachtung. (Erst später kann man sich mit Geschichten wehren, nach dem *Ich*. Das dauert.) Nur im Vergessen läßt sich die Zumutung des «so ist es», das Diktat der Tatsachen, löschen. Das Kind hat eine Vorstellung von sich, indem es vergißt. Solch ein Vergessen ist aktiv, nicht passiv, es stößt nicht zu, sondern wird betrieben. Was bleibt, sind die Signaturen des Vergessens, nichts Diskursives, nur Zeichen und Beschwörung. So wie der Zeppelin an jenem fernen Samstag- oder Sonntagherbstmorgen, den der Nebel gerade freigegeben hatte. Eine Art Satzzeichen am Himmel, das sich erst Jahrzehnte später in einen Satz würde einfügen lassen.

Das Kind fürchtet sich besonders davor, daß der Zeppelin vor die Sonne ziehen und sie verdecken könnte. Bis es finster wäre und die Lahn und die Ruppertsklamm das Kind aus ihrer Gemeinschaft verstoßen würden. Waren solche Ausflüge niemals ausgelassen? War das Singen vielleicht ein Hinweis darauf?

Auch andere Familien machten am Wochenende Spaziergänge, das war beruhigend. Geteilte Langeweile. Bei anderen Sorten von Langeweile hatte das Kind den Eindruck, sie gehörten ausschließlich zu seiner Familie. Auch daß sie nicht mit Sport oder dem Eintritt in einen Verein bekämpft wurde, trennte von den anderen. Eine andere, unbeantwortete Frage blieb: Hat Langeweile mit Unglück zu tun oder nur mit der kurzfristigen Verlegenheit, wie man die Zeit totschlägt? Die Langeweile verging nicht in der Ruppertsklamm, aber wenigstens war sie so untergebracht, daß sie nicht auffiel und nicht schwerfiel. Wenn Gäste kamen – die gelegentlich schon bei den Ausflügen dabei waren –, wurden die Töchter angewiesen, nicht zuviel zu essen, vor allem nicht zuviel von demselben, also zum Beispiel die gesamte Cervelatwurst (die das Kind liebte, auch mit ihren Unvorhersehbarkeiten wie Pfefferkörnern, die einem, biß man darauf, die Tränen in die Augen jagten und das Essen zum Abenteuer beförderten.) Wenn Gäste kamen, wurden die Töchter zum Händewaschen geschickt. Das ganze Bad roch nach der *Speick*-Seife, danach ihre Hände und schließlich auch die Wurstscheiben, die sie anfaßten. Das Kind bedauerte das, weil der Geruch nach Rost, der von dem Geländer in der Ruppertsklamm hängengeblieben war, so verschwand. Und der Wechsel von glatt und rauh, der darin aufgehoben war, ebenso. Aber der Körper merkt sich alles, er ist die Festplatte, auf sie ist Verlaß. Und listig, wie er ist, gibt er nichts preis, jedenfalls nicht, indem er erzählt, also verknüpft (das sind spätere Fabrikationen, Eingemeindungen des Fremden), sondern er bewahrt sie. Das Verschließen hinterläßt allerdings auch Spuren. In großer Ferne fossilisiert.

Unter einem dreiarmigen Deckenleuchter mit tellerförmigen Glasschalen für die Glühbirnen sitzen an einem schwarzgebeizten runden Eßtisch auf Polsterstühlen drei Mädchen – die älteste mit langem blonden Pferdeschwanz und die Zwillinge; dunkel kurzhaarig die eine, blond bezopft die andere –, die Eltern und Frau Meier, die spätere Biologielehrerin. Sie hat eine vom Rauchen kratzige Stimme und schlechte Manieren. Sie ißt vorwiegend Wurstbrote. Ein weiterer Gast ist Dr. Neumann, Hausarzt und Freund, außer Deutsch spricht er auch Tschechisch, und er liebt – das hat er mit dem Vater gemeinsam – Meerrettich. Beide streichen sich so viel davon aufs Brot, daß sie in Tränen ausbrechen. Wer zuerst weint, hat verloren. In der Praxis trägt Dr. Neumann, der Hals-Nasen-Ohren-Arzt ist, um den Kopf eine an einem Metallbügel befestigte Lampe. Der Abdruck ist auch abends noch sichtbar. Dr. Neumann hat ein Pferdegebiß, man sieht, wenn er lacht, nur die obere Zahnreihe, und die ist gewaltig. Vor lauter Zähnen weicht das Kinn zurück, ebenso wie die Haare – bis auf einen Kranz, der aussieht, als wäre er angenäht. Dr. Neumanns Augen kennt das Kind aus der Praxis, zu Hause, am Abendbrottisch, vermeidet es den Blick. Beinah automatisch würde es dann die Zunge herausstrecken, aaaahhhh sagen, den Schluckreiz auslösend, husten. Der Vorgänger von Dr. Neumann hieß Dr. Pies, war uralt und sehr zittrig. Bei einem Hausbesuch hatte er dem Kind einmal bei einer Untersuchung wegen starker Ohrenschmerzen das Trommelfell verletzt, weil er die Hand nicht mehr ruhig halten konnte. Das Kind hatte sehr gezappelt und war von Dr. Pies zwischen dessen knochigen Beinen in die Schere genommen und eingeklemmt worden, so daß es stillhalten mußte. Die Hände von Dr. Pies hatte das natürlich nicht beruhigt. Er roch wie lange beerdigt. Insofern war Dr. Neumann, der eigentlich nach nichts roch und auch nicht zitterte – allerdings kratzige Anzugstoffe trug –, ein Gewinn. Das Kind gönnte ihm die Cervelatwurstbrote und den Sieg beim Meerrettichwettessen. Während des Essens sprachen nur die Männer und Frau Meier (die lachte wie ein Bauchredner). Das Kind dachte, daß es immer die Raucher waren, die sich unterhielten, während die Nichtraucher entweder in die Küche gingen (wie die Mutter) oder schwiegen (wie die Töchter). Die saßen und warteten vereinbarungsgemäß ab, bis die Raucher ihren Appetit gestillt hatten und klar war, was übrigblieb. Von ihren Käfigen aus, oben auf dem Wohnzimmerschrank, verfolgten ein Wellensittich (Pucki) und ein Kanarienvogel (Hansi) die Vorgänge um die letzten Wurstscheiben und Käseecken. Pucki durfte manchmal den Käfig verlassen und seine Runden durch das Wohnzimmer drehen. Er durfte auch die Patiencekarten des Vaters anpicken und verschieben. Er war zugeflogen; deswegen hatte er mehr Rechte und Freiheiten als die Eingeborenen. Seine Respektlosigkeit gefiel dem Vater, und er verwandte viel Mühe und Zeit darauf, Pucki ein paar Brocken beizubringen. Der legte den Kopf zur Seite und sagte *Tschüssi*; das konnte er aber schon, bevor er den Töchtern zuflog. Er war blaugelb, und eines Tages lag er tot im Käfig. Er wurde neben Hans, Hansis Kanarienmann, und anderen aus dem Nest gestürzten jungen Amseln, die trotz Pipettenfütterung mit Eigelb nicht überlebt hatten, begraben. In einer Schuhschachtel von Salamander.

Zweimal im Jahr ging die Mutter mit den Töchtern zum Schuhkauf. Die Nacht davor war an Schlaf nicht zu denken, der vorweggenommene Ledergeruch war an Verheißungen so reich, daß es lästerlich gewesen wäre, darüber einfach die Augen zu schließen. Waren die Schuhe dann gekauft, noch ganz ohne Spuren und Dreck, verbrachten sie die erste Nacht im Bett der Tochter, nachdem sie seitlich, von oben und unten aufs genaueste betrachtet und untersucht worden waren. Am Morgen waren sie zur Stelle, loyale Verbündete, tadellos. Als einmal ein Schuhkauf für den nächsten Tag angesagt und versprochen war, die Töchter vor dem Haus auf die Mutter warteten und schließlich einsehen mußten, daß irgend etwas sie daran hinderte zu erscheinen, nämlich der unvorhergesehene Besuch einer Freundin – wie sich, zurückgekehrt in die Wohnung, herausstellte –, da verloren die Töchter die Fassung und randalierten: Die Schubladen im Sockel des Wohnzimmerschranks wurden mit einem Ruck aufgezogen und unter großem Geschepper das darin befindliche Silberbesteck auf den Boden ausgeleert. Die Empörung über das abgesagte Glück war bodenlos; kein Vorwurf, keine Drohung wog gegen diesen Verrat. Schuhe durfte man sich nämlich aussuchen, und wenn man sagte, daß etwas drückte (die Auskunft über die eigenen Füße und ihr Befinden in den neuen Schuhen ließ sich schlechterdings von niemandem anzweifeln, das Kind hatte in diesem Fall ein winziges Monopol inne), dann mußte man sie auch nicht kaufen – selbst dann nicht, wenn sie besonders günstig waren. Im Unterschied zu schlechtsitzenden Pullovern galten zu enge oder zu große Schuhe als gesundheitsschädigend. Also paßten erst die schönsten. Schuhkauf war die einzige freie Wahl, die den Töchtern blieb, und diese Freiheit stieg sofort zu Kopfe, überschwemmte den ganzen Körper mit Wohligkeit (wie beim

Bad in Tannennadelessenz) und machte augenblicklich süchtig. Der Zauber hielt so lange, wie das Leder duftete, rebellisch duftete. Und natürlich durften die Töchter die Schuhe nach der ersten Nacht auch nicht mehr mit ins Bett nehmen. Und dann kamen die Zweifel, ob es die richtigen gewesen seien, ob nicht ein anderes Paar das Glück besser vertreten hätte. Und schließlich wurde aus der Verheißung einfach ein Paar Schuhe, das einen zuverlässig auch an die Orte beförderte, zu denen man nicht gehen wollte – Verräter eben. Die Lurchi-Heftchen, die man als Dreingabe bekam, überstanden das dreifache Lesen fast nie, sie sahen danach aus wie zerschlissene Fahnen. Auch die Reime wurden blasser mit der Zeit und fad die Abenteuer von Lurchi.

Ohne Gäste, also fast immer, waren die Mahlzeiten gefährlich. Bei warmen Mahlzeiten, meist mittags, nahm sich der Vater zuerst und lud seinen Teller randvoll. Er sagte dann, er brauche eine Burg auf dem Teller, eine Festung aus Essen. Die Töchter staunten und warteten auf den Satz, der nun kommen mußte: wer einmal gehungert hat. Die Tochter dachte oft, daß große Portionen, vielmehr das unbestreitbare Recht darauf, sicher nicht das Schlechteste an einem überstandenen Krieg waren. Krieg und Essen hingen jedenfalls zusammen, entweder ging es um den echten Krieg, der, in dem der Vater einige Finger verloren hatte und in britischer Gefangenschaft endete, oder um den anderen, den Krieg gegen den Schuldirektor, die Kollegen (außer Frau Meier und ein paar Auserwählten), gegen die Katholiken und die Christdemokraten.

Die Töchter schauten vorsichtshalber dem Vater nicht in die Augen, wenn er, noch kauend, von Idioten, Dilettanten und mathematischen Analphabeten schäumte, von Angriffen, Lazaretten, Schußwunden und Schlesien erzählte, sich selbst von Stichwort zu Stichwort trieb und bei geringsten Anzeichen von Ermüdung und Desinteresse bei seinen Zuhörern in einen gewaltigen Zorn ausbrach. Das Kind wünschte sich, daß das Telefon klingeln möge oder Zeugen Jehovas an der Tür oder Gott selbst, der hinter dem Garderobenspiegel hauste, dem Wüten ein Ende bereiten würde. Es war schließlich aber nur das Verlangen nach einem ausgedehnten – bis in den Abend ausgedehnten – Mittagsschlaf, der nach der vierten, fünften Zigarette die Oberhand gewann. Dann stand der Vater auf, satt, heiser, erregt, und ging. Die Töchter saßen vor abgegessenen Tellern, die Köpfe schwer geneigt. Von all den Kriegserzählungen hat sich die Tochter so gut wie nichts gemerkt, obwohl doch Ortsnamen, Jahreszahlen, Gefechtsbeschreibungen nicht fehlten. Nur das: Ein Maultier oder ein Esel habe ihm, dem Vater, bei einer Gelegenheit (Artilleriebeschuß? Handgranaten?) Deckung gegeben, wobei es, das Tier, sein Leben verlor, er, der Soldat, einige Finger – diejenigen der Hand vermutlich, mit der er den Esel oder das Maultier am Davonlaufen hinderte. Vermutlich merkte sich das Kind diese Episode, weil ein Tier darein verwickelt war. Tot stellte sich die Tochter das Tier vor wie einen Sandsack, der dem Vater, ähnlich einem Damm, Schutz gewährte. Alles andere strömte unaufhaltsam wie Dauerregen, wurde ertragen, nicht aufgenommen und kam wieder. Der Krieg beherrschte die Gespräche – vielmehr das Reden des Vaters – derartig, daß die Tochter das, was sie selbst erlebte, nicht für wirklich, also für erzählbar, hielt. Der Krieg, der fünfzehn, zwanzig Jahre zurücklag, war das einzige Geschehen, das Erzählung verdiente und erzwang. Und Nichterzähltes, Nichterzählbares gewann einfach nicht den Rang eines Ereignisses. Vielleicht ist dies das Katastrophalste an Katastrophen: Nichts lassen sie gelten, das ihnen an Verheerung und Verstörung nachsteht, jahrzehntelang. Der Krieg ging mitten durch die Familie; ihn nicht erlebt zu haben war eine unverdiente Vergünstigung, die man nur schweigend, verschwindend und schuldbewußt in Anspruch nehmen durfte. So kam es, daß der Frieden mit Argwohn beäugt wurde. Als in der Nacht vom 28. Oktober 1962 die Eltern mit angstgeweiteten Augen vor dem Radio saßen, die Namen Kennedy und Chruschtschow zwischen sich im Flüsterton hin- und herreichten wie Gefahrengut, da ging die Tochter mit dem zwiespältigen Gefühl ins Bett, demnächst vielleicht ein Leben zu haben, das sich erzählen ließ – eines also, das gefährdet war. *Schweinebucht* im Halbschlaf, am Horizont die Flotten der amerikanischen und sowjetischen Schiffe, in zerstörerisches Grau getaucht und nebenan die vor Schreck befriedeten Eltern. Die Tochter berührte die weißlackierte Seitenwand des Bettes: alle Risse im Lack, alle kleinen Abschürfungen und Erhebungen waren noch da – eine verläßliche Landkarte, eine verläßliche Landkarte, eine verläßliche Landkarte.

Am folgenden Morgen erfuhren die Töchter, daß die sowjetischen Schiffe abgedreht seien, im letzten Moment, und daß der Dritte Weltkrieg fürs erste nicht stattfinden würde. Der Vater schien aufgeräumt oder geläutert oder sogar glücklich. Kennedy, Chruschtschow, Krieg – die *K-s* waren wie Geschosse eingeschlagen. *Kubakrise* mit dem noch bedrohlicheren Doppel-*ka* brauchte länger bis zur Entschärfung. *K*, der elfte Buchstabe im Alphabet, ab sofort gemieden. Und dem Radio blieb die Aura des Orakels, als das es, vom Teewagen im Wohnzimmer aus, Schicksalhaftes verkündet hatte. Dem Lautsprecher traute die Tochter fortan sogar Ohren zu und verhielt sich im Beisein des Radios vorsichtig.

In der Schule gab es ein Gebet, in dem die Kinder für den Frieden danken mußten, die Lehrerin war ergriffen und hatte eine unsichere Stimme. Das Kind konnte sich nicht vorstellen, daß der Schulweg einmal in Trümmern liegen könnte oder zu keiner Schule mehr führte. Leihweise hätte es das gerne einmal erlebt. Im Krieg wären auch die Klavierstunden ausgefallen, und wenn es sie weiterhin gegeben hätte, dann hätte die Lehrerin vermutlich nicht mehr darauf bestanden, die Finger vor der Berührung der Tastatur mit Kölnisch Wasser zu desinfizieren. Die Walnüsse aus der nassen Umklammerung ihrer Schale zu pulen wäre aus Hunger statthaft gewesen. Vielleicht wäre auch im Krieg die Überraschung darüber geblieben, daß eine Nuß in brauner Verschalung, die aussieht wie ein Gehirn, so grün-fruchtig eingepackt ist, obwohl ihre Schale das Innere tüchtig genug schützt. Im

Krieg hätten möglicherweise alle weniger gestritten, wenn auch nicht mehr gelacht.

Es ging nicht: Der Krieg war unvorstellbar. Ohne ihn gab es nichts zu erzählen, aber das Erzählen anverwandelte ihn nicht. Klar war nur, daß man sich im Krieg irgendwie hätte bewähren können, während in der Wirklichkeit der Schultage, der Klavierstunden, der Spaziergänge, Mahlzeiten und Rollschuhnachmittage eine mögliche Bewährung jeden Tag anders ausfallen, auch ausbleiben konnte und immer neu berechnet werden mußte. Man konnte unendlich viel falsch machen in Friedenszeiten. Und: Bevor man selbst Erfahrungen machen kann, widerfährt einem alles. Sprachlos.

Den Heimweg von der Schule legte das Kind als Pferd zurück, es hielt Ausschau nach Wiesen, zupfte ein paar Halme; auf dem sandigen Alleeboden, Linden links und rechts, fiel es in Galopp. Weil es dabei den Kopf gesenkt hielt, holte es sich eine Platzwunde an der Stirn vom Zusammenprall mit einem Lindenstamm. Der Weihnachtswunsch in dem Jahr, als der Krieg ausfiel: *Meine geliebten Araber*. Araberfohlen sind schwarz, wenn sie auf die Welt kommen, und weiß, wenn sie ausgewachsen sind. Es gab Hoffnung.

Vorerst mußte man Veränderungen selbst erfinden. Einmal, in der Ruppertsklamm, war das Kind allen vorangestiegen, die Hand fest auf dem Geländer, den Kopf geneigt, den Wunsch, reiten zu lernen, links oben in der Brust, mit jedem Herzschlag dringender.

Da kam ein älteres Ehepaar bergab, unsicher nahmen

sie Augenmaß, versuchten großen Steinen und dem Wasserrinnsal auszuweichen. Das Kind gab das Geländer frei und bekam von beiden ein sehr schönes Lächeln, wobei die Gesichter ganz runzlig wurden.

Wie heißt du?

Das Kind hob den Kopf, plötzlich beseelt – etwas hinterließ eine Spur längs durch den Körper (wie von einem Blitz) –, und log:

Leonie.

Was für ein schöner Name!

Ein abschließendes Lächeln, und dann hangelten sich die beiden am Geländer weiter hinab, mit kleinen, uralten Schrittchen. Eine große Vorfreude überflutete das Kind, eine Vorfreude auf dieses selbst zugestandene Leben, das sich nun ausmalen ließ. In aller Ruhe. Der erste Schritt war bürokratisch: Das Kind erzählte allen, die es traf – zum Einkaufen geschickt in den kleinen Lebensmittelladen, der dem Gymnasium gegenüberlag –, daß der Vorname im Paß rot unterstrichen sei, um auf den adoptierten Status der Paßinhaberin hinzuweisen, die in Wirklichkeit Leonie hieß und, so viel stand bereits fest, eigentlich gar keine Deutsche sei, sondern italienischer Herkunft. Die vor dem Garderobenspiegel gesprochenen Gebete galten nun besonders langen Wimpern, dunkleren Augen und – das blieb – zukünftiger Berühmtheit. Bitte laß mich berühmt sein. An dem Blond ließ sich vorerst nichts ändern. (Rita Pavone war auch nicht schwarzhaarig.) Leonie hatte Brüder, die sich im späteren Leben finden würden und denen man mehr als ihr ansah, daß sie Italiener waren. Das

48

Kind schnitt aus Illustrierten – vielmehr den daraus in der Arztpraxis entwendeten Seiten – Fotos aus, welche die Brüder zeigten oder junge Männer (die Brüder waren nämlich wesentlich älter als sie), die große Ähnlichkeit mit ihnen hatten. Ihre Namen wußte das Kind leider nicht und nichts über ihre Lebensumstände. Aber es gab sie, das reichte. Endlich für eine Geschichte.

Vor dem Fenster des Kinderzimmers, in dem alle drei Töchter schliefen, stand eine Linde. (Eine von vielen, die Nordallee war eine Lindenallee.) Im Juni blühte sie, ein Fest für die Nase. Als jemand dem Kind den Bären aufband, daß man aus Lindenblütenessenz Narkosemittel gewänne, glaubte es das sofort. Und wäre gerne operiert worden, unter diesem halsbrecherischen Duft eingeschlafen, den es sich genauso tröstlich vorstellte wie den Anblick der ausladenden, symmetrischen Baumkrone, die den ganzen Fensterrahmen ausfüllte. Bei der Mandeloperation, die bald darauf notwendig wurde, stellte es fest, daß Narkose und Lindenduft nichts miteinander zu tun hatten. Im letzten wachen Moment hing Dr. Neumanns Gesicht wie ein Gestirn über dem Kind, die Haarbüschel links und rechts wild wuchernd im Gegenlicht, die Augen aufgerissen. Und ein scharfer, nicht im geringsten tröstlicher Geruch nach Ätzendem. Später, im Krankenzimmer mit der abwaschbaren Ölfarbe an den Wänden und dem schwarzen Holzkruzifix über dem Bett, war das Schlucken so schwierig, daß mit Strohhalmen getrunken werden durfte, so geräuschvoll, wie man wollte. Die Schwestern trugen Hauben und waren sanft, nur als das Kind mit dem

Fuß – rücklings im Bett liegend – das schwere Kruzifix zum Pendeln brachte, wurden sie laut und heftig, mit Flecken im Gesicht: Unseren Herrn berührt man nicht. Das Krankenhaus lag einen Steinwurf weit von dem Haus, in dem das Kind wohnte. Und dennoch schien bei der Rückkehr – nach einer Woche – eine gewaltige Entfernung zurückgelegt, als es in den Bohnerwachsgeruch des Treppenhauses eintrat und wie immer nur nah am Geländer die Stufen berührte, um die Vermieter nicht zu erzürnen, die über Spuren im frisch Gewachsten – die Treppe war immer frisch gewachst – jammerten. Die Töchter nahmen mehrere Stufen auf einmal, und doch schossen die Artens aus ihrer Wohnungstür wie Moränen aus der Höhle und brachten ihre Klagen vor. Nach der Mandeloperation war das Haus jedenfalls anders: stolzer. Als müßte das Kind es erst einmal wieder auf seine Seite bringen.

In der Nordallee hatten außerdem Bauarbeiten begonnen. Unter den Linden standen Wohnwagen, die den Arbeitern zum Essen und Schlafen dienten. Durch eine halboffene Tür sah das Kind einmal einen Mann ins Klosett pinkeln. Er lächelte zurück. Manchmal sahen die Bauarbeiter den Töchtern zu, wenn sie mit Klickern spielten. Erst Mulden in den sandigen Alleeboden buddeln und dann mit Mittelfinger und Daumen die Klicker, in deren Innern sich bunte Gebilde befanden, die aussahen wie Rotorblätter, in die Vertiefungen schießen. Ein sanftes Klacken, wenn sie gegeneinanderstießen, ähnlich den Eiswürfeln in den teuren Gläsern, die benutzt wurden, wenn Gäste kamen. Ein Geräusch, das nichts mit Oberlahnstein zu tun hatte. In *Renate wird Flugstewardeß*, wieder und wieder gelesen, stießen die Passagiere erster Klasse mit Drinks an, und Renate, die sie ihnen servierte, hatte auf dem Umschlagbild die denkbar weißesten Zähne und ein Kellnerinnenschürzchen über der Lufthansa-Uniform. Das Kind bezweifelte, daß es die richtigen Beine hatte, um Flugstewardeß zu werden. Über Beine gab es ein langes Kapitel. Über Rocklänge und zu dicke bzw. zu dünne Waden und wie man diese kaschieren könne. *Kaschieren* war ein unbekanntes, geheimnisvolles Wort, dem das Kind viel zutraute.

Die Bücherei war im alten Rathaus untergebracht, alle Regale standen in leichter Schräglage auf den alten Dielen, durch die Butzenscheiben sah es immer nach Regenwetter aus. Die Karten, auf denen mit Datumsstempel die Ausleihen eingetragen wurden, waren leicht gummiert und hatten, wenn sie bis zur letzten Zeile ausgefüllt waren, etwas Ramponiertes – als hätten all die Bücher und die in ihnen enthaltenen Aufregungen und Verwicklungen sie abgenützt. Ein Buch gab es, welches das Kind allen vorenthalten wollte, nach der Lektüre. Eine Abenteuergeschichte in Afrika, die vergessen wurde, aber das blieb: ein Register im Anhang mit den Kisuaheli-Vokabeln, die in der Geschichte eine Rolle spielten. *Kwaheri*, auf Wiedersehen. *Sahib*, mein Herr … Eine Schatzkiste, ein Versprechen. Die Schwestern wurden mit Geld bestochen, das Buch nicht auszuleihen. Daß es andere, fremde Kinder ausliehen, ließ sich leider nicht verhindern. Einschlafen, das Glossar mit den neuen Wörtern auf dem Kissen aufgeschlagen (Zukunft vor der Nase, wie beim frischen Leder), Zweifel an der Aussprache. Die Bücher aus der Bücherei rochen anders als die, die zu Hause standen und den Töchtern gehörten. Sie rochen wie das Treppenhaus im alten Rathaus nach morschem Holz und Flußwasser (hier war der Rhein näher als die Lahn), aber auch nach dem Lesehunger, den andere daran gestillt hatten. Sie trugen Spuren, Kakaoflecken, Rotz, *Piz Buin*. Die Seiten lappig vom Umblättern, jede ein Beweis für die Untreue der Bücher.

Beinah noch quälender war die Konkurrenz bei drei Bänden *Mein Freund Flicka* zu ertragen. Vom Fohlen bis zur erwachsenen Stute, vom kleinen Racker bis zur ersten Liebe, die wegführt von den Weiden und Koppeln in Wyoming – ein das Kind empörender Schluß, der mit Hilfe von Leonie umgeschrieben wurde in eine zölibatäre Fassung, in der die Lebensgemeinschaft mit der Stute in alle Ewigkeit überdauerte. Jeder weitere Leser aber, besonders die Schwestern, würden dem alten Ende wieder zu seinem Recht verhelfen, das war eine messerscharfe Gewißheit. Entsprechend weh tat sie. Das Kind schrieb aus Notwehr zwei, drei eigene Geschichten, in denen sich alles den Wünschen fügte. Aber glauben konnte es das nicht.

Im Bücherschrank des Vaters gab es eine vordere und eine hintere Reihe. In der hinteren standen – zwischen lauter uninteressanten – zwei Romane, in rotes Leinen gebunden, mit vornehmen dünnen Seiten, die sich anfühlten wie Blätterteig. *King Ping Meh* und *Der Traum der roten*

*Kammer*: Die Geschichten spielten in China, vor mehreren tausend Jahren. Es ging oft um die Füße der Frauen, um Liebesspiele, um die Leibesmitte. Das Kind durfte sie nicht lesen, das war klar, und daher traute es sich immer nur, die Bücher kurz aufzuschlagen, mit dem Ohr an der Tür, und hastig ein, zwei Seiten zu verschlingen. Das schwierigste war, Männer und Frauen zu unterscheiden, erst nach einigem Lesen begriff es, daß die Blumen und Obstnamen (*duftende Pflaume*) zu Frauen gehörten. Auf den linken Seiten waren Zeichnungen, die Männer und Frauen waren niemals ganz nackt, sondern trugen Gewänder, die aufklafften. Die Gesichter schauten oft zum Betrachter, die Augenbrauen wie vom Sturm nach oben gezogen. Es war unmöglich festzustellen, ob sie litten.

In den vorderen Reihen standen die Bücher, die auf Nachfrage *Klassiker* genannt wurden. Auf der ersten Seite trugen sie die Unterschrift des Vaters (nur den Nachnamen) und das Jahr der Anschaffung. Ganz unten, viele in Ledereinbänden, standen die polnischen Bücher, darunter *Quo vadis?* von Sienkiewicz, von dem der Vater als einem der bedeutendsten Schriftsteller des zwanzigsten Jahrhunderts sprach, *prophetisch* sei er gewesen, seiner Zeit voraus und dennoch niemals mit dem Nobelpreis geehrt worden. Das Kind nahm sich für die nächsten Geschichten auch vor, *prophetisch* zu sein. Warum der Vater nobel aussprach wie no-bel, das aber nur, wenn er von Sienkiewicz sprach, war nicht herauszufinden. Es gab viele Bücher, also stimmte der Satz vermutlich, er, der Vater, habe sich, auch wenn er so gut wie pleite gewesen sei, immer

Bücher und Krawatten geleistet und niemals sein Gepäck selbst getragen. Die Krawatten hingen in der Innenseite der Schranktür, zwei Reihen seidige, geschmeidige, glatt durch die Finger rinnende Abenteuer, gestreift, gepunktet, glänzend und matt. Man konnte das Gesicht dort hinein wie in dichtes Laub halten oder in Schilf oder in ferne Länder. Die Krawatten waren tatsächlich weit gereist, der Vater war viel unterwegs, mit Freunden, die Künstler waren und von denen Bilder in der Wohnung hingen. Aus Paris brachte der Vater dem Kind einmal einen kleinen schwarzen Stoffkater mit, der einen Buckel machte. Als säße er einer Hexe auf der Schulter. Am Hals des Vaters verloren die Krawatten ihre Reiselust, dort hingen sie und sahen streng aus, wurden nur zum Essen gelockert und hinter dem Hemd verstaut, um nicht in die hochragende Essenburg zu baumeln. In den Hemdkragen steckten kleine Stäbchen, die aussahen wie die von Eis am Stiel, an den Handgelenken wurden die Hemden von Bernsteinmanschettenknöpfen zusammengehalten. Die Ordnung, die all diese kleinen Gegenstände herstellten, war besänftigend und aufregend. Man konnte sie anfassen.

Unter den Puppen der Tochter gab es eine, die hieß Hans oder Hänschen und war der Vater, wenn er gute Laune hatte. Der Kopf der Puppe war beweglich, wenn man ihn sehr weit nach hinten drückte, dann sah Hans aus wie der Vater, wenn er *Krambambouli* sang. Nur daß bei Hans kein Adamsapfel hervortrat. Der Vater sang nur nach einem Glas Wein; da er außer an Silvester und einigen wenigen anderen Gelegenheiten – wie dem Besuch von Bundesbrüdern – im Jahr nichts trank, sang er auch fast nie. Hans dagegen mußte an jedem Wochenende singen, das die Töchter vor den Apfelsinenkisten, die als Puppenhaus dienten, verbrachten, weil das Kind die gute Laune brauchte. Die Schwestern straften die Puppenkinder, die bei Hans' Vortrag nicht stillhielten, mit Prügel auf den nackten Puppenhintern. Danach wurden die gehäkelten Hosen und Röcke ungerührt wieder hochgezogen. Eine der Schwestern, die das Puppenspielen haßte, war der Briefträger, der mehrere Male am Tag kam (irgendwo in der Welt war das sicher so) und gute Nachrichten brachte. Er pfiff zur Ankündigung. Wer damals in das Kinderzimmer trat, dem muß sich ein Bild von geradezu biedermeierlicher Idylle geboten haben: blondbezopfte Puppenmütter, die vor der Puppenwohnung kauern und unter halblauten, eher strengen Ermahnungen ein Familienleben nachstellen, von dem sie sich auf diesem Wege erholen. In den Apfelsinenkisten Minibetten, -tische, -stühle, tyrannisch aufgeräumt. Die Linde vor dem Fenster in jovialer Stimmung, der jungenhafte Briefträger – kurze, dunkle Haare – fesch und einem Plausch mit den klagenden Müttern nie abgeneigt. Die Puppen werden so oft umgezogen (viel mehr kann man mit ihnen nicht machen), daß ihre Gliedmaßen schlottern. Das An- und Ausziehen ist außerdem reine Diktatur – keine muckst sich. Abends oder wenn die Töchter beschließen, daß es Abend sei, werden die Schlafanzüge übergestreift, und dann kehrt so etwas wie Frieden und Wohlwollen ein, die schlafenden Puppen mit den weit aufgerissenen Augen haben nun Ruhe vor Übergriffen. Eine der Töchter erfindet Tante Hingi, die nachts herumspukt, allen hinterherspioniert und von Beruf böse ist. Der Weg zum Bad, nur angetreten, wenn die Blase entsetzlich voll ist, wird zur Mutprobe, die, noch im Bett, unter der warmen Decke, Schritt für Schritt bis zum Lichtschalter, mit Grausen vorweggenommen wird. Man muß x-beinig rennen, sonst pißt man in die Hose, ohne Zweifel eine von Tante Hingis Absichten. Ihr Lieblingsaufenthaltsort ist der Korb mit der schmutzigen Wäsche im Flur, aus ihr erfährt sie alles über die Trägerinnen, behauptet die Schwester – als wäre es eine Zeitung. Wie in eine Festung kehrt man aus dem Bad ins Bett zurück, die Decke als Schild, bemüht, den Atem zu verlangsamen, weil Tante Hingi das vor Angst lauthalse Schnaufen haßt und – man weiß nicht, wie – bestraft.

Morgens war der Vater übel gelaunt, im Gesicht wuchsen Bartstoppeln, und die Falte über der Nase war tief gefurcht vor Gereiztheit. Er rauchte. Es roch nach weichgekochtem Ei und anstrengenden Träumen. Kaum daß er aus der Zeitung aufschaute, wenn, dann nur um kurze Anweisungen zu geben. Den Mund halten sollten die Töchter und stillsitzen. Manchmal war die Zeitung mit dickflüssigem Eigelb bekleckert, der Löffel aus Schildpatt damit verkrustet. Wir rochen nach nichts und hinterließen keine Spuren. Außer dem Vater war beim Frühstück noch der Zuckerrübensirup eine Herausforderung. Er schmeckte nach Kriegszeiten.

Der Schulweg war lang, lang genug, um die unange-

nehmen Seiten des Frühstücks zu vergessen. In der Bank-
reihe hinter dem Kind saß ein Mädchen namens Katharina, dessen Zähne so vorstanden, daß es den Mund nicht
geschlossen halten konnte. Am ersten Schultag hatte das
Kind sich zu ihr umgedreht und gefragt, warum es so häß-
lich sei. Das Mädchen Katharina hat daraufhin geweint
und der Lehrerin berichtet, warum. Das Kind wurde ermahnt. Niemand kann etwas für sein Aussehen. Das Kind
war verblüfft. War man nicht an allem schuld?

Sonst ist von der Schule bis auf eine grüne Schiefer-
tafel, ein Schwämmchen am Band und ausgeschnittenen
Buchstaben und Worten (auf weißem Karton), die wie
Konfetti im Schulranzen herumflogen, alles gelöscht. Die
Bilder. Nicht die Gerüche. Der Geruch nach Verstock-
tem – so, als würden alle unfreiwillig atmen – ist gegen-
wärtig für immer.

An Allerheiligen gingen die Töchter zusammen mit
dem Vater auf den Oberlahnsteiner Friedhof. Dort stahlen
sie Blumen – immer nur einzelne – aus den Vasen auf den
Gräbern oder auch von den Komposthaufen (der Moder
roch wie ein entfernter Verwandter des Schulmiefs), wenn
sie noch einigermaßen frisch aussahen, und schmückten
damit die Gräber der polnischen Kinder, die hier begraben
lagen. Niemand von uns wußte, warum sie dort waren.
Niemand fragte. Die Kerzen – in roter Verschalung wie
Edamer – waren im Gegensatz zu den Blumen gekauft
und wurden inmitten der feuchten Laubhaufen aufge-
stellt, die sie dann feierlich und ein wenig mickrig erleuchteten. Die Namen auf den Steinen waren unleserlich

verwittert, obwohl die Kinder noch gar nicht lange tot waren. Das Kind erklärte sich das mit dem fehlenden Gedenken. Wenn niemand die Namen liest und ausspricht, werden sie überflüssig und vom Stein wieder beschlagnahmt. Zum Aufwärmen gingen die Töchter mit dem Vater quer durch die Stadt ins Café Stigler. Er nahm sie nie bei der Hand, weil ihm dafür zu viele Finger fehlten. Er führte sie am Genick. Das Kind versuchte sich hin und wieder vorzustellen, wo die Finger geblieben waren. Sie waren natürlich längst verwest, aber irgendwann hatten sie ja einmal neben dem toten Maultier oder Maulesel gelegen, zerfetzt vielleicht oder ganz intakt, noch vom Festhalten gekrümmt, mit sauber geschnittenen Nägeln. Im Café gab es heiße Schokolade und einen schweigsamen Vater, der Kaffee trank, bei den ersten, sehr heißen Schlucken die Lippen spitzte, das Gesicht verzog und die Tasse mit einem angewiderten Ausdruck abstellte. Eine Kaffeeträne rann hinunter bis zum Unterteller und wurde dort von dem weichen, in Blütenform gebrachten Papier aufgesogen. Wenn der Zuckerspender verstopft war, fluchte der Vater auf polnisch, dann kam die Kellnerin und schüttelte das Glas so lange heftig, bis der Zucker wieder durch die Tülle rieselte. Unter dem Tisch baumelten die Töchter mit den Beinen und stießen sich zur Abwechslung gegen das Schienbein. Fettaugen schillerten auf dem Kakao, wenn man blies, trieben sie wie Eisschollen bis zum gegenüberliegenden Tassenrand. Es war nicht einfach, die Henkel, die kompliziert geschwungen waren, mit zwei Fingern festzuhalten, aber man hatte ja auch Zeit (bis der *Spiegel* ausgelesen war) und trank die Schokolade in Puppenschlucken, den Blick fest auf die holzgetäfelte, dunkle Wand gerichtet, an der die Uhr hing. Das Kind nahm sich vor, nur ganz selten nachzuschauen, wie spät es sei, und hielt den Blick leicht unterhalb des zinnernen Uhrtellers an. Wie schön wäre es, wenn jetzt vor dem Café, an den großen Eisenringen, die im Mauerwerk verankert sind, das eigene Pferd angebunden wäre, scharrend und schnaubend vor Ungeduld. Das Kind steckte Würfelzucker ein, jedesmal, für den Fall, daß es Gott gäbe. Zum Reiten würde es die Zöpfe lösen und Leonie heißen.

Danach, in der Badewanne, mit den Schwestern, im schwarzgekachelten Bad, kehrte unter dickem Schaum und halbem Schlaf eine Art Zuversicht ein, auf nichts Bestimmtes bezogen, vielleicht nicht mehr als das schlichte Übereinstimmen von Körpertemperatur und Außentemperatur.

Einen Monat nach Allerheiligen wurden in der Schule die Päckchen für die Ostzone gepackt und in kleinen Leiterwagen zum Postamt gefahren. Beim Packen herrschte eine Stimmung wie im Religionsunterricht; Beklommenheit und Sendungsbewußtsein, kaum Gespräche. Man schielte nach links und rechts, um zu vergleichen, was die anderen den Brüdern und Schwestern in der Zone gegönnt hatten. Es waren dieselben Dinge, die auch zu Hause gegessen wurden, aber dem Kind schienen sie in der Begrenztheit eines Pappkartons, im sorgfältigen Einpassen in seine Enge, kostbarer und begehrenswerter. Es wäre gerne Empfänger eines solchen Pakets gewesen. Wer Post bekam, war wirklich gemeint.

Außer daß um Weihnachten herum die Brüder und Schwestern in der Zone dasselbe aßen wie sie selbst, wußte das Kind nichts über sie. Es gab kein Auto zum Reisen, keine Verwandten, die man hätte geltend machen können, kein Fernsehgerät, um etwas über sie zu erfahren. Die Ostzone war wie ein abgeschlossener Raum im eigenen Haus, zu dem niemand den Schlüssel hatte – es gab ihn, sonst nichts. Er war da, als das Kind dort einzog, ein geschichtsverlorenes Haus, in jedem Zimmer Krieg, in jedem Zimmer Geschichten von Verlierern und ihren Niederlagen. Man durfte sich auf Pudding freuen zum Nachtisch, auf den eigenen Geburtstag, auf Weihnachten und die Aufenthalte bei den Großeltern. Unerlaubt freute man sich auf die Abreisen des Vaters, besonders auf seine Kuren in Freudenstadt – das Kind fragte sich verblüfft, ob da jemand Bescheid wußte über die Freude, die zu Hause ausbrach. War er fort, wurde es *gemütlich* – auch bei den Mahlzeiten. Es gab süße Hauptgerichte: Backobstsuppe, Griesflammeri und Apfelklöße. Hitparade der Lieblingsspeisen.

Die größte Sehnsucht aber galt den Anschaffungen, den wahrscheinlichen wie den unwahrscheinlichen. Das Kind träumte vom Kaufen, Puppenwagen, Bauernhof, Roller, später Nickis und Parkas. Jedem Einkauf wurde zugetraut, das Leben zu verändern. Im Einkauf lag das Versprechen, jemand anderes werden zu können, Einkaufen war die letzte Utopie. Da so viel fehlte – Auto, Fernseher, Mode und Bereitschaft –, war es eine mächtige Utopie.

Beim nächsten Mal in der Ruppertsklamm würde das Kind versuchen herauszufinden, ob die dort anwesenden Heiligen zuständig waren für Wünsche, die einem so wenig glorreichen Mangel entsprangen.

*Blaue Stunde*

Es gab Flöten aus Rosenholz, in warmem, rötlichem
Braun. Und schwarze. Aus Kunststoff. Die Zwillinge
spielten auf schwarzen Blockflöten, die ältere Schwester
auf einer Altflöte aus Rosenholz. Die hohen Töne quietschten sehr. Und die flaumigen Bürsten, mit denen man die
Flöten innen trocknete, waren spuckegetränkt und wider-
lich. Aber wie bei Zahnspangen war dies anscheinend
auch die Zeit im Leben für Flöten. Vielleicht mußte man
sogar, um acht, neun oder zehn zu werden, Flöte spielen.
Alles Fraglose war gut. Die Notenständer ließen sich auf
die Größe eines *Knirps*-Regenschirms zusammenklap-
pen – man konnte sie leicht mitnehmen zu ambulanten
Einsätzen im Altenheim, in dem die Töchter mit der Mutter in der Adventszeit aufspielten. Weiße Stiefel mit Fell-
besatz, Salzränder, kleine Lachen von tauendem Schnee
unter den Füßen. Die Mundstücke der Flöte abgenutzt
vom unsachgemäßen Zubeißen. Hier störte das nieman-
den. Der Ausruf «Zähne weg!» von Frau Balder beim Unterricht so schrill, daß man sich vor Schreck auf die Zunge
biß. Frau Balder, die Musiklehrerin mit dem Walnuß-
baum vor der Haustür, lebte mit einer Hausdame oder
Freundin, Frau von Müller-Sluszik, der Deutschlehrerin
der Zwillinge, zusammen, der nach Art der Chinesinnen
ein langer Zopf bis zur Hüfte hing, welcher oft, wenn sie

mit eiligen, bestimmten Schritten durch das Musikzimmer ging, hin- und herpendelte, als mißbillige sie etwas. Sie trug einen Mittelscheitel und darunter ein sanftes Madonnengesicht, das nur böse wurde, wenn man *daß* mit einem *s* schrieb. Im Altenheim gab es viel Applaus und mit Zuckerperlen bestreute Schokoladenplätzchen. Im Winter war das Flöten willkommen, wie die Schlange aus dem Korb ließ sich damit Weihnachten hervorlocken. *Es ist für uns eine Zeit angekommen, die bringt uns eine große Freud.* Über der Hitze der Bienenwachskerzen drehten sich leise klimpernd die Messingengel. Ein seliges Karussell. Nicht aus Rheinland-Pfalz. Nach zwei Wintern durfte man sich nicht mehr als Anfänger fühlen und mußte Klavierspielen lernen. Das Klavier konnte nicht in der gemieteten Wohnung bleiben, weil das Spielen die Vermieter störte. Deshalb wurde ein möbliertes Dachzimmer bei Frau Schonka gemietet, die am Ende der Nordallee mit ihrem Boxerrüden und ihrem Geliebten (*in wilder Ehe*) zusammenwohnte, der ihr Kleinholz hackte und einen Citroën fuhr. Der Geliebte sah auch aus wie ein Franzose und ließ sich von den Töchtern anschwärmen. Das taten sie für die Hydraulik. Im Citroën roch es sehr nach dem Boxerrüden, der überall seine schleimigen Speichelfäden abwischte, deshalb saß das Kind steif auf dem Sitz und lehnte sich nicht an. Die Welt schien durch die Frontscheibe eines Autos ganz neu – ausgezeichnet durch den Rahmen, den sie ihr gab. Der Geliebte von Frau Schonka bog in die Ostallee ein, wo die stumpf gestutzten Platanen mit ihrer Camouflage-Rinde Spalier standen vor so viel Geschwindigkeit.

Frau Schonka war nicht froh über diese Fahrten und verlangte von den Töchtern im Austausch, den Boxer Gassi zu führen. Als er jung war, trug er die frischkupierten Ohren verpflastert, und die Töchter mußten verhindern, daß er sich die Pflaster abriß. Das Kind schämte sich, mit dem bandagierten Hund spazierenzugehen, und noch mehr wegen der rosa Penisspitze, die bei dem Rüden zu sehen war, wenn er pinkelte, aber auch sonst oft. Und fühlte sich daran mitschuldig. Die Spaziergänge bestanden aus Vermeidung aller bekannter Straßen und Hauseingänge und waren deshalb eintönig und gehetzt. Kein Vergleich zu den Ausritten.

Sehr selten übernachteten Gäste der Eltern in dem Zimmer, dann war man vom Üben befreit. Eine Erlösung. Das Zimmer war von Gerüchen, Spuren und Hinterlassenschaften der Vormieter so angefüllt, daß es dem Kind unmöglich war, es selbst zu bewohnen. Es konnte sich nur darin aufhalten, so tun, als würde es Klavier spielen, und sich die Vorgängergeschichten gefallen oder zumuten lassen. Das Wohnen war eine nicht zu übertreffende Aneignung, vor der man nur die Waffen strecken konnte. Das ausgewanderte Klavier hatte zur Folge, daß die Eltern kaum mehr die Fortschritte kontrollierten. Eigentlich liebte niemand Musik, höchstens die Anlässe, zu denen sie, gemäß Abmachungen anderer, gehörte.

Die Tasten des Klaviers waren gelblich, nikotinstichig, es war mehr ein Möbelstück als ein Musikinstrument. Daher ging es dem Kind mit dem Klavier wie mit dem Zimmer: Es ließ sich nicht aneignen, es blieb der starre Hüter seiner alten Geschichten und vergangenen Lebensräume. Es flößte dem Kind Ekel ein, ein Übermaß an Ausgeschlossenheit vielleicht. Das Klavier bei Frau Balder hatte sehr weiße Tasten und keine Geschichte. Jeder berührte es nur mit 4711-Fingerspitzen, so haftete ihm nichts an. Frau Balder hatte vom Unterrichten einen Sitzbuckel oder von den vielen falschen Tönen, die sie aushalten mußte. Das Kind genierte sich für seine rötlich verfärbten, dicklichen Finger, die nicht trafen. Es hätte lieber ein Saiteninstrument gelernt (wenn schon), weil dort die Finger nicht so wichtig sind, sondern der Bogen. Das einzig Gute am Klavierüben bei Frau Schonka unter dem Dach war, daß man so der Mittagspause in der Nummer 19 entkam. Sie wurde *blaue Stunde* genannt, bestand zum Teil aus Schlafen, zum anderen Teil aus langen Gesprächen im Wohn- und Herrenzimmer, zwei Räumen, die ineinander übergingen und nicht getrennt genutzt werden konnten. Die Töchter mußten, während der Vater der Mutter die neuesten Schmähungen zutrug, absolute Ruhe wahren, durften nicht in der Diele sprechen, nicht Türen schlagen, nicht klingeln oder die Treppe hinaufstürmen, sie mußten verschwinden. Es konnte auch sein, daß während der blauen Stunde nicht über Zurückweisungen und Verkennung gesprochen wurde, sondern der Vater der Mutter etwas diktierte: Briefe, Beschwerden, Bücher. Die blaue Stunde konnte dauern.

Und fiel nie aus, auch an Wochenenden nicht. Aus dem Zimmer drangen Geräusche: das heftige Schlagen mit dem Handteller auf den sogenannten Müllschlucker, ein

Aschenbecher auf einer Standsäule, in dem die Asche durch Rotation der Scheibe nach unten gewirbelt, geschluckt wurde. Und die Stimme des Vaters, zornbebend, geladen. Die der Mutter sehr viel seltener, manchmal besänftigend, manchmal aufgebracht. Vielleicht geriet sie, außer beim Schweigen, hinter die feindliche Linie, zum Direktor, den Kollegen, dem Kultusministerium und den Christdemokraten, und wurde zu den Gegnern gerechnet. Um zum Badezimmer zu gelangen, mußte die Diele durchquert werden. Mit dem Gefühl, etwas ganz und gar Unstatthaftes zu tun, hastete man zum Bad, drückte lautlos die Klinke hinab, die Tür ins Schloß und pinkelte mit möglichst verhaltenem Strahl. Vom Badfenster aus konnte man das Tageslicht sehen, durch das geriffelte Glas vielversprechend gebrochen. In der Diele stockte die Finsternis, das Kind mußte ihren moorigen Ausläufern ausweichen und das Kinderzimmer ohne Berührung erreichen. Das war so anstrengend. Allmählich breitete sich durch die Türritzen überall der Rauch aus – ging, nach Stunden, dann die Tür auf, stand man vor einer Wand aus qualmigen Schwaden, blau die Luft und das verbleibende Licht. Die dahinter auftauchenden Töchter wurden leicht übersehen. Bei Regen wurde, bis auf die Diebestour zum Bad, die blaue Stunde im Kinderzimmer abgesessen, zugeschaut, wie der Tag hinter dem Fenster verging, die Puppen schikaniert, gehäkelt, gestritten – schlecht, weil Flüstergebot bestand. Jeden Tag dasselbe geheimnisvolle Familien-Ballett, das einer Vorgabe folgte, die es gab – so wie es Wetter gab. Ein Drehen und Springen, Stemmen und Abwenden, Anflehen und Verstoßen. Die Musik dazu war lange vor einem selbst da und verlangte die Verrenkungen, die das Kind und alle anderen vollführten. Jeder mußte; das Wort *wollen* (also aus der Reihe tanzen) war verpönt. *Will es Wichs* (Prügel), war die stereotype Antwort auf den Satzanfang: Ich will oder ich will nicht. Der Vater war verstrickt, so viel stand fest, und war nur nebenher auch Vater. *Vater* beschrieb kein Verhältnis, sondern war ein Name, der Vater war nicht mit Vatersein beschäftigt, das Kind aber mit Tochtersein. Leonie allerdings war keine Tochter, aber auch jetzt kein Trost. Den Vater gab es auch ohne sie, sie, die Tochter, gab es ohne ihn nicht. Beklemmend war das und raubte den Mut. Wahrscheinlich hätte auch ein Pferd nichts daran geändert. In dem völlig verrauchten Wohnzimmer, in dem auch der Eßtisch stand, wurde dann gegessen, die Töchter krumm auf ihren Stühlen (*sitz gerade, Ellbogen vom Tisch* – als gäbe es etwas, für das sie sich strecken wollten), im Herrenzimmer nebenan thronte die Schreibmaschine auf dem massigen Schreibtisch, ein herrisches Requisit, das auch im Stillstand die Beengung auslöste, die aufkam, wenn die Tasten hinter der aufgebrachten Stimme des Vaters anschlugen. Unter Schweigen oder wieder aufflammenden Disputen hantierte man mit Besteck und hartgekochten Eiern, zählte die Zwiebeln und die Paprika auf dem Eßbrettchen, verstrich Teewurst auf Kommißbrot, hoffte auf Nachtisch und das Stichwort, das verhieß: Ende der Vorstellung. *Ab ins Bett.* Dort trösteten sich die Töchter mit dem Aufteilen der Silben von Gerabronn. Das war der

Ort, in dem die Großmutter lebte. Jede sagte eine Silbe: Ge-ra-bronn, die Zwillingsschwester, zuständig für die letzte Silbe, -bronn, wurde immer wieder wachgerüttelt, brummte -bronn und schlief weiter. War man dafür da? Wer tat das Wichtige? Wer schrieb die Musik? Waren alle Familien so? Bei der Freundin Christine zu Hause wurde vor Tisch gebetet, und danach durften alle reden. Vielleicht mußte man an Gott glauben, um nicht dem Vater allein das Reden zu überlassen. Auch die Töchter gingen sonntags in die Kirche, aber nur, um dem Vater einen kinderlosen Vormittag zu bescheren. Der Pfarrer wurde nie gelobt, nur die Kirchenlieder von Matthias Claudius und die Schönheit der deutschen Sprache darin. Alles war ein großes Rätsel, die Paare, die Kinder, die Familien und die Verwandten. Die Welt war unübersichtlich und ließ sich nicht ahnen, nicht im geringsten. Die Nachrichten im Radio alarmierten oder langweilten, sobald die Stimme des Sprechers nach dem Gong erklang, gab der Vater ein Handzeichen, das bedeutete: Ruhe. Jede Mahlzeit zur vollen Stunde, damit sie mit den Nachrichten zusammenfiel. Die Nachrichten wurden nicht geteilt, sondern standen ihm zu: wie die größte Portion Tartar, die krosse Haut der Gans, der Fensterplatz.

Aus dem Wohnzimmerfenster sah man die Burg Lahneck, aus der Küche die Allerheiligenkapelle, aus dem Schlafzimmer der Eltern das Schloß Stolzenfels, orange verputzt wie Sonnen-Eis. Mehr nicht, und manchmal war das genug. Und manchmal brachte es einen zur Verzweiflung, weil es einfach keine weiteren Fenster gab.

In Gerabronn fehlten die blauen Stunden. Falls die blaue Stunde mit dem Krieg zu tun haben sollte, hätte es sie eigentlich auch dort geben müssen, denn natürlich war der Großvater eingezogen worden. Aber vielleicht brauchte er die blaue Stunde nicht, weil keine Söhne und Töchter mehr im Haus waren. Vielleicht war die blaue Stunde etwas, das Eltern und Kinder errichteten, um sich nicht – mitten im Sprung, in der Bewegung, von der Musik zugewiesen – im Weg zu sein. In der Ballettvorstellung des *Nußknacker,* die das Kind besucht hatte, war das so. Es mußten immer die auseinanderlaufen, den Rücken einander zugewandt, die sich am nötigsten brauchten, die am liebsten zusammengeblieben wären. Vor Aufregung und Mitgefühl war das Kind mehrere Male aufgesprungen und – da das Koblenzer Theater Klappsitze hatte – unsanft auf dem Boden gelandet.

Das Haus der Großmutter war mit Holzschindeln verkleidet und damit vor Zweifeln geschützt. Vor der Haustüre gab es einen zweiseitigen Treppenaufgang, der zu einer Plattform (vor der Tür) führte, die etwas Fürstliches hatte. Von zwei Seiten gleichzeitig sich zu nähern war feierlich. Auf diesen Stufen fand alles statt: das Kochen und Backen, die Erziehung der Puppen, die Ameisendressur, die Höhlenmalerei. Die Großmutter trat in wildgeblümten Kittelschürzen bis zum Treppenabsatz, stand und roch nach dem, was sie in der Küche für die Enkel vorbereitete. Das Netz über ihrem in dicken Strähnen aus dem Gesicht gekämmten Haar gab ihr etwas Vornehmes, das dennoch nichts Einschüchterndes hatte, weil sie ein breites, faltiges, lachendes Gesicht dazu trug und große lappige Ohren. Der Vater, Raucher und Nachtschwärmer, fuhr nie nach Gerabronn, wo es zwar auch Ordnung und Abläufe gab, aber eben andere als in der Nordallee und keine Schreibmaschine und kein Herrenzimmer. Nachts wurde in Gerabronn geschlafen, keiner schluckte deswegen Tabletten, um zwölf Uhr wurde zu Mittag gegessen, vom Krieg wurde weder gesprochen noch geschwiegen. Es war ein ungestörtes, behagliches Auskommen, in dem die Kinder ihren Platz hatten. Sie waren vorgesehen. Es gab Ordnung und Abläufe ohne jedes Geheimnis, alles durchsichtig, eine herrliche Erholung. Nichts fehlte (obwohl doch die Onkel im Krieg gefallen waren), wenn man zu Besuch war. Enkel sein gelang ohne Vorsichtsmaßnahmen, auf Anhieb. Aus Vorfreude also und zur Beruhigung reichten die Töchter abends im Bett die drei Silben hin und her wie etwas, das man nicht genug anfassen kann.

Nach den Kirchenbesuchen waren die Sonntage noch unermeßlich lang. Vom Vater wurde erwartet, daß man die Sonntage langweilig fand, schließlich war er *Atheist*. Alle am Sonntag vollbrachten Taten und verbrachten Stunden zählten folglich nicht; es blieb nur, sie zu verachten. Im Radio sangen Erika Köth (*wie eine Lerche*) und Rudolf Schock, auch Anneliese Rothenberger, die der holländischen Kronprinzessin ähnelte, wie das Kind aus der *Frau im Spiegel* wußte, welche die Großmutter kaufte, der Kreuzworträtsel wegen. Natürlich las sie alle anderen Seiten auch. Was die *Lerchen* sangen, paßte zum Sonntag, läppisch, vertan, wie die Zeit. Die Operette versiegelte die

Nachkriegsjahre mit einer zähen Zuckergußhaube in den unschuldigsten Farben, geschlechts- und harmlos, frivol vor – mit Nachdruck betriebener – Belanglosigkeit. Wer das liebte und dabei mit den Fußspitzen wippte oder die Lippen spitzte, der hatte sich gewiß woanders und in härteren Zeiten das Recht auf solche Erholung verdient.

Der Vater lag auf der Couch im Herrenzimmer, die Schalen der Gurken, die zu Gurkensalat verarbeitet worden waren, übers Gesicht gelegt wie Ausstreichungen. Gurkenschalen waren gut für den Teint. Leider durfte man am Sonntag auch nicht putzen, schon gar nicht, wenn es Geräusche verursachte oder nach außen sichtbar wurde, wie beim Ausschütteln des Staubtuchs. Liebend gerne wäre das Kind katholisch gewesen, Meßdiener, Beicht- und Kommunionsunterrichtskind wie Christine, die nie über die Sonntage klagte, weil sie sich von allein füllten, von sich aus und ohne Zutun Höhepunkt der Woche waren. In der Nordallee gab es allerdings wie bei den Katholiken zum Mittagessen einen Braten, auch wenn der Vater bei kurzen Spaziergängen durch die ausgestorbenen Vormittagsstraßen über den in der Luft wabernden Bratenduft lästerte: Christdemokraten und Katholiken. Aber essen wollte er den Braten schon. Danach legte er Patiencen, die Nichtraucher erledigten den Abwasch und lungerten dem Montag entgegen, der immerhin mit der Unterscheidung von Kür und Pflicht – Schule und danach – aufwartete. Beim Patiencelegen saß der Vater, den Müll-schlucker in Reichweite, krumm über den Tisch gebeugt und schob mit spitzem Mittelfinger, der, da ihm sein

Nachbar fehlte, nun aussah wie ein Zeigefinger, die Karten in undurchschaubarer Willkür übereinander. Die Tochter wußte nicht, wie es sich anfühlte, etwas zu verstehen. Oder welche Ausstattung man dafür brauchte. Langes Nachdenken darüber auf dem Schulweg, *nicht bummeln*, war, kaum zu Hause, von Vergessen nicht mehr zu unterscheiden.

Im Wohnzimmer hing das Bild der Uta von Naumburg, über die der Vater sagte, sie sei schön. Eine schöne, deutsche Frau. Aus Stein. Mit milchigem Blick, weil sie keine Pupillen hatte. Außerdem gab es noch ein Ölgemälde des Bielitzer Stadttheaters bei Nacht, die Madonna von Tschenstochau, (im Schlafzimmer) einen Roboter aus Öldosen vom Malerfreund Kink. Im Kinderzimmer das *Mädchen mit Amsel*, in ovalem Goldrahmen. In jedem Zimmer eine andere unruhige erhabene Tapete – das Tapetenaussuchen war langwierig, so als müßte man die Wände beschreiben und sorgfältig den Text dafür auswählen. Rauhfaser, die unbeschriebene Wand, hatte in den Jahren des behaglichen Nestbaus, der wildentschlossenen Gemütlichkeit, noch keine Chance. Auch die Möbel waren so schwer, daß es unmöglich war, sie für ein Provisorium zu halten. Bei der Vertreibung hatte man alles verloren, nun kaufte man sich Schwerkraft. Zugehöriger wurde man dadurch allerdings nicht. *Es hat uns hierher verschlagen*, sagten die Eltern zu Besuchern und zeigten rundum auf Burg Lahneck, die Allerheiligenkapelle und das Schloß Stolzenfels. Auch die Töchter durften Oberlahnstein nicht wahrhaben, nur anwohnen. Dadurch wurde dann doch alles vorläufig oder nachträglich, jedenfalls nicht solide. Aber die Möbel. Das Bett der Eltern sah aus wie ein Frachter, ein breiter Kahn, Schleiflack, das Holz grünlich und alabasterglatt. Unfaßlich, daß es aus Bäumen hervorging. Ein Bett, so gewaltig, daß man angesichts seiner Ausmaße auch den Tod in ihm einschließen mußte. Unbeweglich um es herum die Zeugen des eingekauften Dramas: die Frisierkommode mit geschwungenem Spiegel und der dreitürige Kleiderschrank, der das bißchen Licht verschluckte, das es schaffte, durch die Stores zu dringen. Hinter den hartschaligen Türen schlummerten die weichen Angorapullover von der Mutter, ein Aufatmen, eine Zartheit. Die Federbetten wölbten sich unter der Tagesdecke und waren, im Gegensatz zu allem anderen, bezahlt. Das Abstottern der Raten war häufiges Gesprächsthema, überhaupt Geld, Bausparen, Zinsen. Das meiste davon war für die Töchter ohnehin unverständlich, der Rest wurde von den Eltern verschlüsselt. Auch von *wilden Ehen* und *Onkelehen*, unehelichen Kindern und zwei Cousinen wurde in chiffrierter Form gesprochen, der Gesichtsausdruck für beide Themen, Geld und Liebesangelegenheiten, war derselbe: eine gequälte, mit Neugier versetzte Verdrossenheit. Die Töchter hätten die Cousinen gerne kennengelernt, aber sie waren viel älter und wurden ferngehalten, weil man das schlechte Beispiel fürchtete und eine Übertragung durch Anschauung vielleicht nicht ausschließen konnte. Es stand auch fest, daß dort, von wo es die Eltern nach *hier verschlagen* hatte, eine ähnliche Gefährdung nicht bestanden hätte. Die Sätze, die mit *bei uns zu Haus* begannen, belegten das. Selbst der Rhein, der doch in vielen Liedern golden war, verkümmerte unter diesem Vergleich, nichts sprach für die Landschaft, in der sich das Leben der Töchter abspielte, und damit notwendigerweise auch nichts für die Zeit, in der es stattfand. Die angenehme Folge davon war, daß das Leben als Pferd und das Leben als Leonie dadurch wirklicher wurden – wenn das als Tochter im Vergleich zu *dort* unwirklich war, dann war das eine automatisch eintretende, wundersame Aufwertung der Erfindungen. Die störten sich nicht am Fluß, an den Weinbergen und den Burgen, und die Heimatkundelehrerin sprach ebenfalls mit großer Selbstverständlichkeit von Hunsrück, Eifel, Westerwald und Taunus. Sofern Kinder Hochdeutsch sprachen, auch wenn es deren Eltern nicht *hierher verschlagen* hatte, waren sie willkommen. Aber Dialekt war untersagt, zuviel Hiersein, zuwenig Dortsein. Die Puppen, die ihn sprachen, wurden von den Töchtern bestraft.

All das ließ sich vergessen, wenn im Taplinsweg die Slalombahn aufgebaut wurde und die Rollschuhe angeschnallt waren – so, als ob man durch die neue Fortbewegung, durch das Gleiten und Rasen, dem Hier und Dort, dem Früher und Jetzt, dem Wir und Ihr davonfahren konnte. Der Wind in den Haaren, die Schreie der anderen Kinder, das Schürfen der Räder auf den Asphaltunebenheiten, der Schwung, der einen um die Hindernisse trug: in diesen Momenten war das Leben unbestreitbar das eigene. Ein Gefühl wie recht haben. Die Schraubschlüssel, mit denen die Rollschuhe auf die richtige

Fußlänge eingestellt wurden, beulten die Hosentaschen aus. Mit diesem Handwerkszeug ließ sich das Wichtigste richten.

Wie schwierig mußte es sein, in einem Land ohne Jahreszeiten zu leben, dort gäbe es nichts vorauszusehen. Zum Beispiel der Weltspartag: Am 31. Oktober trugen die Töchter ihre Sparschweine durch raschelndes Lindenlaub bis zur Nassauischen Sparkasse. Undenkbar, daß dieser Gang bei siedender Sonne ohne das Herbstgestöber der Blätter hätte stattfinden können. Oder der Anpfiff des Frühjahrs durch die ersten Kniestrümpfe, hochgezogen bis zu den Kniekehlen, wild gemustert. Und Marmelade und Kompott wurden natürlich dann eingekocht, wenn die Früchte reif waren, gebacken dann, wenn Weihnachten in Reichweite lag. Eigentlich widersprach die Utopie, alles immer kaufen zu können (und darauf nahmen alle Anlauf, das war der Wunderaufschwung, das war Ludwig Erhard im Radio, und das verhieß seine dicke Zigarre), somit dem Kommerz die Bestimmung der Höhepunkte und Zäsuren, die Hoheit über die Dramaturgie eines Jahres zu überlassen, dem gleichermaßen ausgeprägten Wunsch nach Erdung durch Rituale. Das Kind hätte die Marmelade lieber gekauft, die Vanillekipferl auch, zum Teil, weil Küchenarbeit langweilig war, zum Teil, weil Einkaufen aufregend war. Gleichzeitig war die Berechenbarkeit der Ereignisse und Abläufe natürlich geknüpft an die Anerkennung, daß die Zeit immer nur für etwas Bestimmtes reif war, nie für alles zugleich. Und doch galten die Träume dem Supermarkt, dem Ort also, an dem alles immer verfügbar ist – dem Kind nur vom Hörensagen bekannt; in Oberlahnstein noch nicht angekommen, nur im fernen Koblenz.

Das Dilemma ist geblieben: Dem Aufschwung wohnt die Entfremdung inne und seiner willentlichen Verhinderung das Ressentiment und der Kitsch. (Man denke nur an die pseudorustikale Aufbereitung industriell gefertigter Produkte; so als wären sie vom Alm-Öhi persönlich eingewickelt und auf dem Leiterwagen abgeliefert worden.)

Auf Rollschuhen, im Taplinsweg, war die Welt so erfahrbar, daß es eine besoffene Lust war und die blaue Stunde in der Nordallee, mit ihrem Dunst, ihrer Hinhaltung und ihrer Zurückweisung, ganz unwichtig wurde. Im Flug stellte sich der Körper heraus, wie er sich bog und straffte, einverstanden mit allem, ledig aller Begutachtungen, in mitreißend bewegter Funktionalität. Es war ein anderer Körper als der, den man aus dem Bett ins Badezimmer schleppte, in Teile zerlegte und pflegte, den man anziehen mußte und der unter dem Angezogenen litt. In Schußfahrt wurde er mächtig, hätte jede Mauer aus Rauch zum Einstürzen gebracht, jeden Krieg für sich entschieden, sich jede Ausgabe leisten können. Das Schrittweise war abgeschafft. Energisches Glück. Ebenso schön wie einmal das Glück an der Nordsee, nur selbst erzeugt. An die Nordsee war die Mutter mit den Töchtern gefahren zur Erholung von all den Krankheiten, die termingerecht eingetreten waren: Masern, Mumps, Windpocken. Die Schwestern waren noch krank, das Kind gesund, auf einmal mit Zeit und Freiheit beschenkt. Ein Mann und eine Frau, alt wie Großeltern, aus *Münster in Westfalen*, kümmerten sich um es: Man ging ins Watt, pulte allerhand aus dem Schlick, trug kleine Frösche hin und her, um sie zu retten (was sie vermutlich umbrachte), erschlug Fliegen, zur Belohnung ein Langneseeis zwischen zwei Waffeln. Die Frau aus *Münster in Westfalen* brachte dem Kind einige Fliegenkadaver, damit die erforderlichen zehn Leichen pro Eis schneller zusammenkamen. Unglaublich! Abends wurde getanzt, zu zweit und zu dritt, und das Kind hatte den ganzen Tag nichts verkehrt gemacht. Deshalb konnte es auf einmal auch tanzen. Der Anzugstoff des Mannes aus *Münster in Westfalen* roch nach *Münster in Westfalen*. Die Eheleute aus *Münster in Westfalen*, die keine Kinder hatten zum Fliegenfangen, hätten das Kind gerne nach *Münster in Westfalen* mitgenommen, aber die Mutter war dagegen. So trugen sie Fotos heim und sagten, sie würden sehr traurig sein ohne das Kind in *Münster in Westfalen*. Keine Beanstandung, drei Wochen, dreihundert Fliegen, sechzig Ebben und Fluten lang! *Münster in Westfalen* trat in Konkurrenz zu Gerabronn, konnte aber nicht mit den Schwestern geteilt werden, im Gegenteil, sie wollten nichts davon hören. In die Nordallee zurückgekehrt, wurde Münster ein Fremdwort, gehütet wie die Kisuaheli-Vokabeln, ein abstrakter Schatz.

Eine trübe Zeit, alle Familien mit der Verwaltung der Wohlstandsträume befaßt und darüber ungesellig geworden. Sparen und Anhäufen ist einsam. Am Wochenende Fernsehausflüge zu den Nachbarn. Auf dem Tisch Salzstangen und Erdnußflips. Die Fernsehgeräte machen die Wohnzimmer für das Kind einladender als das eigene, das mit seinem Durchgang zum Herrenzimmer und der Aussicht auf die Schreibmaschine immer zugig bleibt. In *Fury* gipfelt alle Sehnsucht. In jeder Sendung gibt es ein kaum lösbares Problem, eine vertrackte Gefahr und am Ende den blankgestriegelten, stolzen Pferdeleib, der im schwarzen Galopp alle Hürden nimmt und im letzten Moment die Rettung heranträgt. Dann küßt er mit weichen Nüstern den Nacken seines Herrn und wiehert über die halbe Tür seiner Box in Frau Bruders Wohnzimmer, wo das Kind, überwältigt von der Schönheit der überwundenen Probleme, zu schwach ist, um eigene zu erfinden. Es gab nichts, das die Anwesenheit eines schwarzen Hengstes in der Nordallee gerechtfertigt hätte, keine Gefahr weit und breit. Die Unansehnlichkeit des eigenen Lebens dauerte an, verschattete noch das Einschlafen und, gelegentlich, den Schulweg. Eine Leben ohne Soundtrack und ohne das Versprechen: Fortsetzung folgt. In der Klasse schob ein gewisser Jürgen Krüger, Sitzenbleiber und im Besitz einer tiefen Stimme, dem Kind Zettel zu. Die Schrift war merkwürdig: Er legte anscheinend ein Lineal unter, um die Buchstaben exakter auszurichten, das war interessant. Die Sätze endeten meist mit Pünktchen, Pünktchen, Pünktchen ... Das war neu. Im Deutschunterricht wurde das Aufsatzthema (von Frau von Müller-Sluszik) gestellt: «Wie ich mir mein Leben vorstelle». Das Kind schrieb, es wolle sehr viele Kinder und einen reichen Mann. Frau von Müller-Sluszik schrieb (an den

Rand): «Reihenfolge beachten.» Der Vater schlief immer schlechter, der Vater haßte Oberlahnstein immer mehr. Nur auf der Burg Lahneck, beim Bridgespielen, übersah er, daß es sich immer noch um Oberlahnstein handelte. *Wien* wurde bei den Mahlzeiten ausgesprochen wie etwas Hochglänzendes. Es gab kupferoxidierte Dächer in *Wien* und eine Oper, höfliche Kellner und einen hervorragenden *großen Braunen*, nichts dergleichen in Oberlahnstein oder im Café Stigler. Der Vater konnte wienerisch, und wenn Peter Alexander im Radio über *Povideldatschgerln aus der schönen Tschechoslowakei* sang, mußte man still sein wie bei den Nachrichten. Die Töchter versuchten erst gar nicht, von etwas zu schwärmen, das es noch gab oder nur *hier*, nicht *dort* gab. Wie den Karneval. Die Verkleidungen machten keinen Spaß, weil die Kostüme vererbt oder geliehen waren: Kreisel und Katze, nie Indianer. Die gefüllten Kreppel, die kurz vor Anbruch der Fastenzeit überall angeboten wurden, durfte man sich allerdings schmecken lassen: *Das einzig Gute am Karneval sind die Kreppel.* Der Geburtstag des Vaters, ebenfalls im Februar, wurde mit einem Berg Kreppel gefeiert und war ein trauriges Ereignis, weil sich der Vater über Geschenke nicht freute und sich auch nicht verstellte. Gereizt, wenn es ihm schlechtging, auch tagsüber in Pyjama und verrauchtem Bademantel, nahm er die Versuche, eine gemütliche, harmonische Stimmung durch Zeremonie herzustellen – Kerzen, buntes Einpackpapier, sogar Singen –, zur Kenntnis und machte keinen Hehl daraus, daß sie seine schlechte Laune noch steigerten. Die Schwester des Vaters sagte, so seien die Wassermänner. Es gab keine anderen Väter, die im Februar geboren waren, zum Vergleich, und das Sternzeichen war ein relativ angenehmer Grund für die Schwierigkeiten, die der Vater bereitete. Die Tochter war froh, zum Zigarettenautomaten geschickt zu werden, eine Schachtel HB ziehen, die dicke Luft hinter sich lassend. Es war die schlimmste Jahreszeit, Lahn und Rhein und der Himmel in Uniformgrau gehüllt, die Linden nackt. Das Schlafzimmer der Eltern den ganzen Tag mit Rolläden verrammelt, Rauch in den Übergardinen, den Stores, den Tapeten. Ein festgesetztes Unglück. Die Höhle des Wassermanns. Das Kind setzte sich auf den Nachtspeicherofen im Mansardenzimmer, dessen kleines rotes Licht wie ein halbwegs freundliches Auge das Zimmer übersah, und ließ sich wärmen. Rund um das Bett Pferdepostkarten und Pferdekalender, bei der Zwillingsschwester ausschließlich Hunde. Der älteren Schwester blieben nur Katzen, aber groß war ihr Interesse nicht. Sie hängte einige Fotos auf. Über Tierliebe wurde auch nie gesprochen, die Töchter wußten, daß sie spießig war und in Form eines Haustiers nicht in Frage kam. Die Vögel zählten nicht, denn sie hatten kein Fell. Ein Teil der schlechten Laune des Vaters rührte daher, daß die Christdemokraten in Rheinland-Pfalz die Einführung des programmierten Unterrichts in Mathematik nicht wollten, die er befürwortete und betrieb. Die Töchter mußten die dafür entwickelten Lehrbücher zu Hause durcharbeiten und fürchteten die Wutausbrüche, die folgten, wenn die Aufgaben falsch gelöst waren oder gänzlich unbegriffen blieben. Der Vater fühlte sich daran gehindert, sich selbst als Lehrer abzuschaffen. Ein ohnmächtiger Zorn. *Kultusministerium* war ein Wort, bei dem man sich über den Teller duckte und Linsen zählte, bis durch Aufstehen vom Tisch und Entfernen der Stimme gesichert war, daß die Mittagspause begann. In der Schule gab es kaum Begegnungen, der Vater unterrichtete die Oberstufe, seine Anwesenheit in der Schule war noch phantastischer als die zu Hause. Die Mathematik war so wichtig wie Aschenbecher. Überall lagen Zettel und Stifte bereit, die Zettel, auch die Zeitung bedeckt mit seiner eiligen, spitz-krakeligen Schrift, mit Formeln, Berechnungen. Er schrieb eine Doktorarbeit, derentwegen er in Mainz ein möbliertes Zimmer gemietet hatte und tagsüber in der Nordallee noch mehr schlief. Nachts wurde diktiert. Der Titel kam auf das Türschild und auf die erste Seite der neu angeschafften Bücher, auch die Mutter wurde nun mit Frau Doktor angesprochen. In der Schule, sagte der Vater, seien alle neidisch.

Mit dem Doktortitel im Gepäck fuhr die Familie zum ersten Mal in Urlaub, nach Pörtschach am Wörthersee, wo das Essen schmeckte wie *dort* und die Berge Karawanken hießen und den Beskiden ähnelten, die der Vater in seiner Kindheit bestiegen hatte. Der Vater wurde hier Herr Professor genannt. Österreich verbesserte seine Laune, er schwamm, fuhr Wasserski, trank kleine Schwarze mit Schlag, trug Freizeithemden aus Perlon, die nicht gebügelt werden mußten. Die Kellner, die einen Akzent hatten, wurden von ihm ausgefragt – in der Sprache, von der er annahm, es sei ihre Muttersprache –, und es ärgerte ihn, wenn er das Herkunftsland nicht erriet. Bei Polen hatte er die beste Laune. In den Beinen blieben die Narben der Einschüsse weiß gegen die restliche Haut. Er hatte lange, sehnige Beine, von denen die Tochter nur die spitzen Knie unter den Hosen kannte. Überhaupt hatte er einen Körper, wie sie im Strandbad feststellte, einen, der wenig zu tun hatte mit dem angezogenen, angespannten und hastigen Körper, den er in der Nordallee und in der Schule trug. Hier kam ein Körper zum Vorschein, mit dem er Sport trieb und mit dem er, schwimmend oder auf Skiern, auch nicht haderte. Er ließ ihn vor dem Gestell mit den Skiern auch gern fotografieren. Er steht da wie ein Schauspieler.

In Österreich gab es zum ersten Mal Cornflakes. Und Hoffnung auf Reitstunden, die vergeblich war. Die Tage vergingen im Windschatten des österreichisch gestimmten Vaters leichter, hatten durch Baden- und Essengehen einen unbezweifelbareren Umriß und konnten sich geleistet werden. Das ging aus den Unterhaltungen der Eltern hervor. In Österreich wurde sogar *gefrotzelt*. Der Vater sagte etwas Witziges, und die Töchter mußten etwas Witziges antworten. Die Antwort galt nur, wenn sie schnell kam, *schlagfertig* war. Der Vater sagte der Tochter, das Talent zum *Frotzeln* habe sie von ihm geerbt. Er schubste sie ins Wasser, *ohne Erwartung*, bat sie und fieberte dem Sprung entgegen. In Österreich sah er glücklich aus wie auf den Fotos, die ihn mit Schulklassen auf Ausflügen und Klassenfahrten zeigten. So jung wie seine Schüler, nichts

Lehrerhaftes an ihm, grinsend, die Zigarette zwischen zwei Fingern, entspannt. Am Ossiacher See machten Freunde Urlaub, die, wie der Vater, zu den *Franken* gehörten, jedenfalls der Mann. *Bundesbrüder*, es gab eine Schärpe der *Franken* zu Hause und eine Kopfbedeckung. Da die Familie Podnicky einen Cockerspaniel hatte, konnten die Töchter den Gesprächen über *dort* oder, wie Herr Podnicky sagte, *bei uns* gut ausweichen. Überhaupt gab es im Unterschied zur Nordallee viele Möglichkeiten zu entkommen: in die Tiefen des Gartens der Pension Beer oder auf den Fersen des Zimmermädchens in die Zimmer der anderen Gäste. Übung im Verschwinden bei gleichzeitiger Anwesenheit hatten die Töchter ja schon, aber in Pörtschach ließ es sich in die Tat umsetzen. Bis zum Einbruch der Dunkelheit dehnte sich die Freiheit, eigene Erfahrungen zählen zu lassen, ohne sie gegen echte *dortige* aufzurechnen. Die Summe ganz die eigene. Auf der langen Bahnfahrt nach Koblenz nahm schließlich die Bilanz zugunsten der Töchter wieder ab und die Entrückung auch und das Finstere in der Miene des Vaters wieder zu. Gereiztheit und Enge im 6er-Abteil, fehlgeschlagene Versuche der Besänftigung. Die Töchter waren eine Störung, und es war nicht genau herauszufinden, wobei und wodurch sie störten. Scheinbar wurde alles Großartige in ihrer Gegenwart klein, sie waren es, die die Familie besiegelt hatten, die den Vater nun bremste. Im Indikativ. Sie zwangen ihn zum Unwesentlichen, in einer Lebensform allerdings, die aus seiner Sicht wesentlich zum Leben gehörte, also hatte der Vater vermutlich die verkehrten

Töchter. Oder das Wesentliche, nämlich den Krieg, schon hinter sich. So schwieg man lange Stunden aus dem Zugfenster, vor dem sich Österreich mit tiefen Schluchten und schmalen Brücken noch einmal ordentlich aufspielte. Eine Bedrückung, die zunahm, wenn die Familie mit allen Koffern wieder das Artsche Treppenhaus hochstieg, den bekannten Duft in der Nase, das vertraute Geländer unter der Hand und das beklemmende Wissen im ausgetrockneten Hals, daß man zu dem Ort zurückgekehrt war, der für die Töchter das Zuhause darstellte, für den Vater seinen Schaden.

Im Mansardenzimmer verteilten sich die Töchter auf die Betten, nahmen die Verbündeten in Augenschein (die Pferde, die Hunde, den Nachtspeicherofen, die Bücher, die auf den Regalen gewartet hatten) und dritteln die Schuld. Das war zu ertragen, und wie bei jeder Verschwörung wuchs der Glaube an den daraus zu gewinnenden Schwung. Wenn das Kind die Augen fest zukniff, sah es nur Erfreuliches, die Schwestern sagten, es wäre auch bei ihnen so. Stell dir vor! sagte eine, und die anderen beiden gehorchten. Es schadete nichts, sich aufs Mittagessen zu freuen.

Ich sehe etwas, was du nicht siehst, und das ist aufregend, schnell und laut. Es lacht und verschwendet, ein energisches Fest, maßlos, wonnig, unbekümmert. Die Sonne scheint darauf, ein Tisch ist gedeckt, der Hunger ist groß. Nirgends ein Haushalt. Die Luft ist mit allem einverstanden, wärmt und weht und zählt nichts nach. Tadellos klingen die Stimmen ineinander, grasen die Pferde; einem

Buch liest der Wind die Seiten, so aufgeschlagen möchte auch ich daliegen, verstanden und begehrt. Ich sehe etwas, was du nicht siehst, und das ist offen und licht. Herein, herein, Anklopfen verboten, Anfassen erwünscht, *geh aus, mein Herz, und suche Freud*, geh aus, kehre ein, hinter geschlossenen Lidern ein Spielraum, groß und warm, vom Meer geborgt, nichts wird gespart, alles wird ausgegeben. Ich sehe etwas, was du auch siehst.

Wenn man krank war, bekam der Vormittag etwas Kostbares. Es wurde gelüftet, der Vater war aus dem Haus, der Rauch zog aus dem Fenster, über die Burg, verlor sich. Im Kinderzimmer unbekannte Lichtverhältnisse und Halbschlaf zu einer Zeit, in der man sonst hellwach sein mußte, beobachtet, abgehört und ermahnt wurde. Schritte im Haus, die nicht das Kind betrafen und von deren Geschwindigkeit und Festigkeit es auf die Ziele, die sie ansteuerten, schließen konnte. *Hohes C* in kleinen Schlucken, der Körper in sanftem Streik und zu nichts aufgefordert. In der Abwesenheit des Vaters fühlte das Kind seine Ausdehnung, beim Sichstrecken und Recken konnte nichts passieren, der Raum blieb freundlich und hätte auch verlassen werden können. Im Wohnzimmer stand die Tür weit auf zum Balkon, ein Aufatmen ohne Familienkörper und Familienstimmen, die Gegenstände harmlos, wunderbar ohne Belang. Beinahe so, als würde man die Wohnung besichtigen und keine Furcht kennen, auch nicht vor dem letzten Raum. Alles war eingerichtet, aber bedeutete nichts, eine Wohnung, eine Hausnummer, eine Adresse wie tausend andere, Zigarettenlöcher in den

Armlehnen, die Aschenbecher gereinigt, auf der Tischdecke ein paar Krümel. Spuren, nicht der Rede wert. Es gibt uns, denkt das Kind, das schon, aber nichts weiter. Und kehrt zurück ins Bett. Nimmt auf dem Weg dorthin das Telefonbuch mit. Schaut nach, wie andere heißen. (Später, bei Besuchen in den Städten, in denen die Tochter lebt, selbst in Florenz und New York, schlägt der Vater sofort das Telefonbuch auf und sucht nach Leupolds, also nach Verbündeten.) Vielleicht würde der Vater bald wieder in Kur fahren, eine Krankheit kurieren, die keinen Namen hat, oder vielleicht das Kreuz, man weiß es nicht so genau. Die Mahlzeiten, die Tage ohne ihn, ohne die steile, ärgerliche Falte, die im Beisein der Töchter tiefer wird, sind schön. Das Kind hantiert mit Messer und Gabel ohne Befürchtungen, der Krieg war abgereist. Es gab wieder der Grießbrei, Backobst und Milchreis – das ganze süße, rebellische Alphabet des Freigangs. Die Töchter schrieben – auf Geheiß – Briefe an den Vater. Sie wimmeln von Diminutiven, *Päppchen, Schnäpschen, Püppchen, Puckilein, Küßchen*. Eine Sprache, so zuckrig, daß es mich schaudert. Wo kam sie her? Das Niedliche war ein falscher Ton, aber der einzig zur Verfügung stehende, eine Sprache wie ein Schnittmuster. Vielleicht lag auch eine Art Flehen in diesem überheizten Gesang, nicht zu bald zurückzukehren in die Puppenverhältnisse. Die Tochter wußte, daß ihn ein zu inniger Ton (wie in den Telefonaten mit der Gerabronner Großmutter) bereits reizte, er witterte darin und dahinter falsche Gefühle und dressierte Zuwendung. Er selbst konnte sich niemandem zuliebe freuen – über

Siege bei Bridgeturnieren schon, aber eben nicht über Zuwendung. Die Karten, die die Töchter von ihm erhielten, waren witzig, nahezu zärtlich und knapp. *Gefrotzelt.* So sprach er zu Hause nie, so schrieb er nur. Nur im Reden taten sich die Fallen auf, deren Umgehung soviel Anstrengung kostete und Angst bereitete. Die Töchter gefielen dem Vater von Freudenstadt aus wohl ganz gut, während sich in Reichweite solche Mängel herausstellten, denen mit Diminutiven nicht beizukommen war. Unsinn: Das ist verkehrt. Die Töchter waren abstrakt willkommen, konkret aber keine Erlösung. Wovon? Das Kind hatte keine Vorstellung von der Art des Unglücks, aber die Überzeugung, daß es sich um die falsche Familie handelte. Gleichzeitig war klar, daß es auch keine richtige geben konnte. Ohne Krieg gab es Unfrieden. Gegen das Verlorene kam das Gewonnene nicht an. Wenn der Vater auf und ab ging, Wohnzimmer, Herrenzimmer, Balkon, Wohnzimmer, Herrenzimmer, Balkon, *klären* nannte er das, dann ging es zwar manchmal um Mathematik, aber oft auch um die Nordallee und die mit ihr verbündete Familie, die kleinen Umstände, die sich dort breitmachten, die niederschmetternde Häuslichkeit, an der er die großen Portionen liebte und die Regelmäßigkeit, mit der sie auf den Tisch kamen, nicht aber die Zumutung der schmucklosen und ohne weitere Umschweife von ihm erwarteten Fürsorge, in der das Besondere und Auszeichnende, die Größe! hinter der Funktion verschwanden. Die Enttäuschung, die das Leben war, mußte er in Bonn, in der Klinik, auskurieren. An den Wochenenden wurde ein fremder Mann besucht.

*Hausbesitzer und Verkehrsteilnehmer*

Nach der Rückkehr aus Bonn häuften sich Reisen nach Mainz und lange Nachtsitzungen der Eltern; im Herrenzimmer, auf dem Perserteppich, Bögen über Bögen mit Berechnungen, Zahlen, Durchstreichungen und wütend unleserlichen Bemerkungen. Auch der Frühstückstisch war nur zur Hälfte benutzbar, auf der anderen lagen Stapel von Bankunterlagen. Eine hochentzündliche Atmosphäre; ein falsches Wort, und alles würde explodieren. Man duckte sich unter ihren schweren Wolken, um den Raum möglichst ungesehen zu füllen. Die Töchter verschwanden aus den gemeinsam genutzten Zimmern, warteten rund um den Plattenspieler der ältesten Schwester wie um ein Lagerfeuer darauf, daß etwas gar würde, fertig, abgeschlossen, verändert. Die Musik auf ihrer Seite, mit ihnen verbündet. *Ha, ha, says the clown.* Das Wachs der Tropfkerzen rann in allen Farben den Flaschenhals hinab, noch weich, konnte man damit die eigenen Fingerabdrücke nehmen. Sie waren angeblich einzigartig, es gab sie, genau so, kein zweites Mal auf der Welt. Hier hatte man zwar die Anschauung, aber dennoch keine Vorstellung davon. Umgekehrt wäre es ihr lieber gewesen. Die Tochter hätte gern einen eindrucksvolleren, überzeugenderen Beweis für ihre Einzigartigkeit gehabt als ein Klümpchen Wachs mit zarten Rillen, Auf- und Abschwüngen. Hätte dafür bereitwillig einen Fingerabdruck-Zwilling in Polynesien oder Bukarest oder Köln am Rhein in Kauf genommen.

An einem Abend wurden die Töchter ins Wohnzimmer gebeten, die Eltern am Tisch mit Mienen wie beim (zunächst) verschwiegenen Tod des Großvaters und dem Satz bewaffnet: *Wir ziehen nach Mainz, wir haben dort ein Haus gekauft.* Die Töchter brachen in Tränen aus und in Stammeln.

Es war weiterhin die Rede von *in Zukunft noch mehr sparen müssen,* das *Opfer* wurde geschildert, das der Hauskauf allen abverlangte; angekündigt wurden eine Österreich-Pause und ein Einkaufsembargo. Zum Ausgleich für die Entbehrungen zog man in eine *Universitätsstadt,* der Vater sprach das Wort zwar eher wie eine Drohung als wie ein Versprechen aus, aber das lag vermutlich an der fehlenden Begeisterung der Töchter. Die saßen verheult vor den strapazierten, unter Zahlen gebückten Eltern und fühlten sich betrogen. Unter der Wärme der Lampe dehnte sich der Rauch.

Im Mansardenzimmer wurde weiter geweint, der Umsturz geplant, die Dimensionen der Katastrophe vermessen: Ein gewaltiger Verlust stand bevor. Und zwar ein eigener, den an einem der geerbten Verluste zu messen sich die Töchter erstmals weigerten. Nur mit vereinten Kräften und subversiver Energie, gegen die andauernde Hintansetzung durch echtere Heimaten, hatte man die Linden, die Nordallee und ihre Koppeln, die Ausblicke und Wege, die Freundschaften, die Gewohnheiten und die Routinen aufladen können mit dem Gefühl der Dazu-

gehörigkeit. Einer gänzlich unauffälligen Dazugehörig-
keit, der man nicht mehr anmerkte, welcher zähen Wil-
lensarbeit sie sich verdankte. Nicht der Rede wert und
darum so kostbar.

Von jener Nacht an wurde Mainz bestreikt.

Es war ein altes Haus, in das die Familie einzog, mit
einem schattigen Garten, moosigen Stufen, Kletterrosen
an der Veranda und vielen fremden Gerüchen, die man
sich nie anverwandeln würde. Vom Freiherrn von Papitz,
einem Bridgepartner des Vaters, hatten die Eltern aus-
rangierte Möbel übernommen, mit denen nun die Mansardenzimmer eingerichtet wurden. Sie sollten vermietet
werden; die Studentinnen, die kamen, waren staunens-
wert brav und schienen sich ihrer Schuld als Eindringlinge
bewußt. Sie mußten einer mündlichen Absprache zustim-
men, keinen Herrenbesuch zu empfangen. Sie teilten sich
einen Zweiplattenkochherd, ein Waschbecken, eine Toilette und denselben Flüsterton. Sie trugen dicke Kom-
pendien treppauf, weil sie Medizin studierten, und lern-
ten täglich bis spät in die Nacht. In den Semesterferien
fuhren sie in ihre Heimatorte. Die Tochter faßte den Entschluß, niemals Medizin zu studieren, niemals mit geneigtem Kopf fremder Leute Treppe hinaufzuhasten, so
als müsse man sich für den unterdrückten Schwung bereits schämen, und niemals Schuhe mit Kreppsohle anzuziehen, die dem Schleichen und Verschwinden zuarbei-
teten.

Am ersten Schultag im Frauenlob-Gymnasium trugen
die Zwillinge grüne Hängekleider und darunter gerin-

gelte, halbärmelige Hemdchen, die Zöpfe der einen reichten bis zur Hüfte. Man sah sich einer Klasse großstädtischer Mädchen gegenüber, deren Modebewußtsein offensichtlich keine Einbußen durch Hauskauf hinnehmen mußte und die unter Mascara-Wimpern darüber staunten, was sie zu sehen bekamen. Eine rief: Sind irgendwo in Deutschland Zöpfe gerade Mode? Mainz hatte mehr als einhunderttausend Einwohner, erfuhren die Töchter, und es war klar, daß nicht jeder, der ankam, deswegen zum Einwohner wurde. Die Zwillinge fuhren mit dem 21er-Bus nach Hause, am Puff vorbei, *CRAZY SEXY* in roten Neonbuchstaben, die morgens erblaßten, dann den Linsenberg hinauf, Haltestelle Jägerstraße, Ausstieg. Bald würde es Herbst und so kalt sein, daß man die von Wildfremden geerbten Kamelhaarmäntel würde anziehen müssen, die nach Kampfer und Beileid rochen, kratzten und weit wie ein Zelt waren. Entsetztes Schweigen.

Nach drei Jahren Kampf fielen die Zöpfe und wurden, mit einem Geschenkband zusammengebunden, in der untersten Schublade versenkt. Haare halten ewig, lange über den Tod hinaus. Biologie. Sie seien viel wert, sagte die Mutter, man könnte eine Echthaarperücke aus ihnen herstellen. Am liebsten hätte die Tochter sie verkauft und mit dem Geld den Nicki gekauft, den die Klassensprecherin trug. Aber die Mutter hatte es nur theoretisch gemeint. Im neuen Haus hatte der Vater mehr Auslauf nachts, nämlich zwei Stockwerke, die Treppen knarrten so laut, daß die Tochter aufwachte, wenn er seine unruhigen Runden drehte und schließlich in der Küche sitzen blieb, rau-

chend, lesend: Beschreibungen von Bridge-Spielzügen,
Regeln und Turnierverläufen. In Wiesbaden war er einem
Club beigetreten und sammelte Masterpoints in einer alten Pralinenschachtel. Bei den Mahlzeiten wurde Bridge
neben dem Krieg und den Klagen über Schulverhält-
nisse (in Mainz weniger laut als vorher) zum wichtigsten
Thema. Niemand in der Familie kannte die Regeln, aber
die Spiele und Turniere wurden dennoch in Echtzeit-
länge geschildert, da man es zu viert spielte, gab es immer
drei, die an der Niederlage schuld waren und deren Fehler
ausführlich nachvollzogen und kommentiert wurden. Der
Vater redete sich – nach verlorenen Turnieren – in eine
Rage, die, nur vom Mittagsschlaf unterbrochen, abends
noch glimmte und beim neuerlichen Vergegenwärtigen
der taktischen Schwächen seiner Mitspieler in alter Fri-
sche ausbrach. Nur ein Sieg half. Die Tochter verbrachte
die Nachmittage auf dem neuen Kastenbett hinter dem
Ganzkörperschutz von Büchern. Die Pferde, der Taplinsweg davon grandios fern. In den langen Schulstunden
marternde Langeweile, trübe Freude aufs Mittagessen,
trüb, weil die Tochter dieser Freude verübelte, die einzige
zu sein. Jede Sehnsucht war an eine Reklamation, jeder
Wunsch an eine Korrektur gekoppelt: eine andere Nase,
blasse Haut statt roter Backen, schmale, zerbrechliche
Gliedmaßen statt robuster, Locken anstelle glatter Haare,
nicht ich, nicht hier, nicht jetzt. Nicht so. Für diese Ware
gibt es leider kein Recht auf Umtausch. Hinaus, Bewegung, Lust, Geschwindigkeit – ein Drängen, deutlich und
undeutlich zugleich, das zunahm, wenn man aus dem

Kino trat, das geborgte Gesicht noch nicht zurückgegeben, der Körper beschwingt von anderen Verhältnissen. Auf dem Heimweg, durch die mit Gaslaternen schwach erhellten Straßen, füllte sich die Nacht mit Zusagen.

Dem Vater verschaffte der Besitz Genugtuung. Rauchend schritt er den Garten auf und ab, nahm die Grenzen – und damit die Gewißheit seines Eigentums – in Augenschein. Seit ihm etwas gehörte, waren die erlittenen Verluste geringer geworden. Von den Töchtern wurde daher erwartet, daß sie die Universitätsstadt guthießen wie einen Fortschritt. Während Oberlahnstein niemals den Rang eines Wohnsitzes einnahm (nur eines Aufenthaltsortes), sollten sie nun von Mainz und seinen Vorzügen schwärmen. Aber die Töchter blieben bei ihrer vereinbarten Verstocktheit, verschlossen sich dem Lob, der Schule und den guten Aussichten. Auf den sonntäglichen Spaziergängen durch die nahen Grünanlagen, Rosengarten, Volkspark (welche andere Stadt hat so viel Grün zu bieten?), pries der Vater die Lage, als hätte er sie entworfen und wolle sie nun verkaufen, am liebsten an Skeptiker. Das Haus behielt aus Geldmangel seinen grauen Putz und die alten grün-verwitterten Rolläden, innen wurden, trotz Geldmangels, teure Teppiche ausgelegt und Stiche mit maßangefertigten Rahmen aufgehängt. Der nächste Urlaub um ein weiteres Jahr verschoben. Noch immer roch es im Eingang, im Windfang, nach den vorherigen Besitzern, alle anderen Räume hatte der Rauch erobert. So war der Vater allgegenwärtig.

Nachdem er sich zu den Hausbesitzern zählen durfte,

seßhaft geworden war, wuchs der Wunsch nach Mobilität: zum eigenen Haus fahren zu können, von ihm aufbrechen, vor ihm parken. Ein Auto würde, was noch zur Eingemeindung fehlte, liefern. Mit 59 Jahren begann er, Fahrstunden zu nehmen, von denen er empört nach Hause kehrte, weil der Fahrlehrer von Physik keine Ahnung hatte und seinem Fahrschüler entsprechend ignorante Anweisungen gab. Die Töchter fragten nicht nach, was Einparken mit Physik zu tun hätte. Ein Bridgepartner, Herr Passavant, wurde nun überredet, dem Vater an Tagen, wo er darauf verzichten konnte, sein Auto zum Üben zur Verfügung zu stellen. Es war ein alter Peugeot 504, unten so durchgerostet, daß man den Straßenbelag ahnen konnte und bei Regen nasse Füße bekam. Das Zutrauen in die Physik war groß, folglich fühlte sich der Vater nicht als Anfänger. Wer eine Kurve berechnen kann, kann sie auch fahren. An einem warmen Sommernachmittag, die Töchter saßen auf der Terrasse und schälten die Äpfel aus dem eigenen Garten, die zu Kompott verkocht werden sollten (stundenlanges Schälen), ließ ein explosionsartiger Knall alle aufspringen und ins Wohnzimmer stürzen, dessen Fenster sich zur Straße öffneten: Dort hing der Peugeot mit rauchendem Kühler, halb auf dem Mäuerchen, die Zaunlatten umgebogen, halb im Vorgarten, die Blumennester um die Steine herum niedergewalzt. Der Vater stand, die Zigarette in der rechten Hand, eine kleine Wunde an der Stirn, unbeeindruckt neben dem Wrack (als wäre er für die Unfallaufnahme zuständig) und wies die immer zahlreicher herbeieilenden Nachbarn mit scharfer

Stimme an, die Polizei nicht zu benachrichtigen, es sei schließlich nichts passiert. Den Peugeot mußte der Vater Herrn Passavant zum Preis eines nicht beschädigten Autos abkaufen, das erste Fahrzeug der Familie war ein Haufen Schrott. Herr Passavant spielte nie wieder Bridge mit dem Vater. Mit sechzig – er hatte zweimal die theoretische und die praktische Prüfung nicht bestanden – brachte er den Führerschein nach Hause, triumphierend. Die Physik hatte sich durchgesetzt. Mutter und Töchter mußten alle in den notdürftig reparierten Peugeot steigen; der Vater riß an der Lenkradkupplung, die hakte, als müßte er sie einrenken, rauchte mit der Linken, vergaß das Blinken und blieb mitten auf Kreuzungen stehen; der Choke war schuld. Wenn die Töchter vor Schreck aufschrien, weil er im dritten Gang anfuhr und stotternd die nachkommenden Autofahrer auf den Fersen hatte, die das nicht kommentarlos hinnahmen, sondern eifernd hupten, wurde er ärgerlich: Hysterische Beifahrer hätten neben penetrant deutschen Fahrzeuglenkern noch gefehlt. Auf der Beschleunigungsspur der Autobahn blieb er nur kurz, die sei für Transporteure, für die Nichtphysiker, der sofortige Spurwechsel dagegen verrate einen sportlichen Fahrer. Die Töchter schlossen die Augen. Mit eingezogenem Kopf auf alles gefaßt. Überhaupt sportlich! Es wurde das Schlüsselwort für alle Fahrfehler, das hochtourige, aufheulende, das stockende Fahren – eben, Anfahren im dritten Gang, als verwöhnte und verweichlichte man das Auto mit dem ersten Gang –, das Fahren im Leerlauf, bei dem der Vater, auch das eine Leistung der Physik, sofort die Benzinersparnis berechnete. All das betrieb er mit der Emphase eines Erziehers, der dem Auto gleichzeitig Manieren beibringen und höchste Leistung abringen muß. Die vier Beifahrerinnen, vor allem die Töchter, wurden immer findiger im Hervorheben der Vorteile des Fußwegs, der Vater seinerseits immer unnachgiebiger im Aufdrängen unerwünschter Bring- und Abholdienste. Die Töchter sprangen in den Bus, als wären sie im letzten Moment einer Entführung entkommen.

Den Hergang all jener Unfälle, die dem ersten im Vorgarten folgten, zu rekapitulieren, manisch zu rekapitulieren, für sich den Nachweis der Unschuld, für die Gegner den der Fahrlässigkeit zu erbringen, Skizzen und Zeichnungen des Geschehens anzufertigen, Berechnungen anzustellen – Bremsweg, Ellipsen, Aufprallkraft –, für die Telefonate der Mutter mit Anwälten und Kollisionspartnern eine Strategie zu entwerfen nahmen nun ebensoviel Raum ein wie die Bridgeberichte. Je aufgebrachter er war, um so ausschließlicher mußte man ihm Gehör schenken. Die Autowerkstatt *An der Goldgrube* hatte mit dem Vater als Kunden eine geradezu phantastisch zutreffende Adresse. Dem Peugeot folgte ein Opel Kadett, der das exzentrische Fahrverhalten des Vaters noch weniger verkraftete als der alte Peugeot. Er reagierte mit seinem sensibelsten Teil, der Kupplung, auf den Mangel an Orthodoxie und wurde in die *Goldgrube* gefahren wie sein Vorläufer. Der Vater sagte nie Auto, sondern Wagen. Seine Ankunft war nicht zu überhören, jedenfalls nicht im Wohnzimmer, weil er so nah am Bürgersteig parkte, daß die Reifen seitlich daran schliffen und quietschten. Er wollte immer derjenige sein, dessen Wagen am wenigsten in die Straße ragte, er wollte, wegen der Taubenscheiße, nie unter der Birke parken, und er wollte, bei den Bridgeturnieren, immer der Abholer, nie der Abgeholte sein. *Ich komme mit dem Wagen*, sagte er zu seinen greisen Partnerinnen am Telefon und verinnerlichte die Strecke nach Wiesbaden so gut, daß er sie unfallfrei fuhr. Ein *Kavalier der Straße* für seine Beifahrerinnen, die im Schnitt zwanzig Jahre älter waren als er und fliederfarbenes Haar trugen zu den schweren Goldketten, Armbändern und Ringen, die geerbt oder von den längst verstorbenen Ehemännern auf Geschäftsreisen erstanden worden waren und manchmal aussahen, als wären sie ins Fleisch gewachsen über die Jahre. Wiesbaden war so viel Wien, wie man nah bei Mainz haben konnte und erwarten durfte, im Kurviertel wehte ein Wind aus der K.u.k.-Konservendose, und der Vater ließ sich gern von ihm irreführen. Die Dinge begannen zu stimmen: ein Haus, ein Wagen und eine ausgediente Pralinenschachtel voll Masterpoints. Jetzt blieb, den Wagen auszufahren, seine inbegriffene Mobilität in Fernfahrten umzusetzen und auch das Häuslich-Seßhafte um die Dimension der Ferne zu bereichern, vielmehr der Illusion davon.

Der Entschluß, ein Fernsehgerät anzuschaffen, fiel an dem Tag, als Beate Klarsfeld Bundeskanzler Kiesinger ohrfeigte, am 11. November 1968. Der Vater lobte die Unerschrockenheit der *jungen Frau* und ihre *Attraktivität*. Er hätte die Ohrfeige gerne gesehen, nicht nur im Radio davon gehört, Kiesinger zu hassen wäre – nicht nur mit dem Ton, sondern auch mit Bildern versorgt – eine noch genüßlichere Angelegenheit gewesen. Die Haftstrafe für Klarsfeld erregte ihn, und je mehr der Vater sich ihren Zorn aneignete, um so weniger Anteil nahmen die Töchter. (Dabei hatte die wilde Empörung der *jungen Frau* der Tochter großen Eindruck gemacht; sie *verstellte* sich nicht.) Auch jetzt holte der Vater aus zu einem seiner gefürchteten Vorträge, die anstelle eines Gesprächs traten, und die Töchter reagierten, wie meist, mit Flucht anstelle mit Neugier. Das Haus schien ein Behältnis, worin in drückend freudloser Luft Hadern und Selbstverdruß gediehen. Hilflosigkeit und kein Entrinnen, das Schlucken fiel schwer in dieser Stickigkeit. Man war sich im Weg, bloß in welchem? Ratlos und gereizt trug die Tochter diese Frage mit sich herum, ausspähen half nichts, die Familie gab sich nicht zu erkennen. Der Argwohn war groß, der Argwohn war der eigentliche Held: Er behauptete sich immer. Die frühere Innigkeit des Wünschens – dunklere Augen, lange Wimpern, ein Pferd, eine Aufregung, eine Liebe, ein Ruhm – und der Glaube an eine magische Erfüllung waren einem resignierten Kleinmut gewichen, einem breiigen Aggregatzustand, in *Molliges* eingepackt – *molleken Charme*, hatte der Vater immer anerkennend gesagt, wenn der Hosenbund kniff –, in dem sich die Tage, die Pflichten, die kleinen Höhepunkte von allein abwickelten, als bräuchten sie kein Subjekt. Wenn man stürbe, dann wäre man genau beschrieben, dann hätte man eine abgeschlossene, gewisse Geschichte. Und als Trauer wäre die Liebe unzweideutig. Der Tochter schien es einen Versuch wert. Und es war eine Handlung. Aber es erhellte nichts und veränderte nichts, das Schweigen blieb der Inbegriff jedes Gesprächs.

Wenn die Tochter jetzt in die verrauchten Räume trat, die der Vater besetzte, begann sie vor dem Gesicht herumzuwedeln und laut auszuatmen, also den Rauch wortlos abzulehnen. Natürlich verstand er das, wurde wütend, und die Tochter dosierte die Ablehnung feiner und feiger. Es entstanden noch immer keine Gespräche, das nicht, aber die nicht ausgesprochenen Mitteilungen wurden immer sublimer, jeder Körper wand sich im Beisein des anderen, als müßte er selbst die nicht ausgeführten Berührungen vermeiden. So entstand eine ungeheure Isolation: Die Welt, die Unruhe, die Proteste, die Zustände machten vor der Türschwelle halt, die Familie war – jeder für sich – mit den Umständen, der Verwaltung des heiklen Zusammenlebens vollauf beschäftigt. Manchmal schafften es Namen bis zum Küchentisch – noch ein Rudi: *Dutschke* –, schienen auf; es gab eine Ahnung, aber nicht mehr, daß die *Studentenunruhen* mit einem selbst zu tun haben könnten im Unterschied zu der *Vertriebenenpolitik*, den Treffen der *Franken* in Salzburg und den Lautverschiebungen in den slawischen Sprachen. Der Vater äußerte seine Meinung und klebte sie wie ein Preisschild auf das erörterte Thema. So abgefertigt, lud es zu nichts mehr ein.

Es dauerte schließlich noch fünf Jahre bis zur Anschaffung eines Fernsehgeräts, bis zum sechzigsten Geburtstag des Vaters. Ein Gerät mit den Ausmaßen einer Kommode, holzvertäfelt, es füllte das Wohnzimmer so aus, daß der Raum geradezu entmündigt wurde. Dazu gab es nun einen Fernsehsessel, in Reichweite stand der alte Müllschlucker. Das Fernsehen löste den Vater als Alleinunterhalter ab, abends jedenfalls. In all den fernsehfreien Jahren hatte sich ein solcher Fernsehhunger eingestellt, daß nun die ganze Familie nimmersatt vor dem Apparat saß und das gesamte Programm verschluckte. Um den Anschein einer Auswahl aufrechtzuerhalten, einigte man sich auf einen Spielfilm, eine Sportübertragung oder ein Magazin (wobei der Vater meistens allein entschied, aber den halberwachsenen Töchtern war es gleich, Hauptsache, das Fernsehen übernahm die Regie des Abends) und schaute anschließend stillschweigend weiter, an Wochenenden bis zum Programmschluß – ein Kreis, der vor leichtem Schneeriesel mit seinen farbigen Balken autoritär wie ein Stoppschild war. Der Vater interessierte sich für alles, was das Fernsehen bot, sogar Fußball. Und die Familie agitierte bereits beim Frühstück propagandistisch: welche interessante und interessant angekündigte Sendung am Abend käme! Die Tochter sagte es mit einer gewissen Beiläufigkeit, damit der Druck nicht ins Gegenteil umschlüge und den Vater abgeneigt machte, das zu sehr Gepriesene zu sehen. Es funktionierte immer, der Vater selbst wollte ja auch nichts anderes als fernsehen und war mit der von den Töchtern gewählten Tarnung einverstanden. Oft saß man, das kleine Brettchen mit den belegten Broten auf den Knien, und schaute aneinander vorbei gemeinsam auf den Fernsehschirm. Das war fast gemütlich. Und der Abend verging.

Es gab kaum Gäste – abgesehen von polnischen, jüdischen Emigranten, die Ende der sechziger Jahre Polen verließen und vom Vater aufgenommen wurden. Der Zuwachs an Eigentum, Raum und an Mobilität hatte kein geselligeres Leben zur Folge, sondern eine immer größere Abgeschlossenheit, ein hermetisches Kreisen der Familie um sich selbst. Der Tochter schien, daß Familie die Lebensform der Einsamkeit war. Im Glück und Unglück damit beschäftigt, die getroffenen Entscheidungen durch Exklusivität zu rechtfertigen. Die Freundin, deren Eltern geschieden waren, wurde beneidet um die Offenheit, die Unordnung und die Freiheiten, die sich daraus ergaben. Selten brachte der Vater Referendare mit nach Hause. Seit seiner Beförderung zum Seminarleiter hatte er weniger Unterricht und hielt statt dessen Seminare für Referendare ab. Zu ihnen hatte er ein kollegiales, manchmal sogar komplizenhaftes Verhältnis. Er schleuste sie ins Wohn- oder Herrenzimmer, zeigte ihnen die Stiche an den Wänden, die Goldmünzensammlung in der Schatulle, die Mutter trug kleine Imbisse in den Rauch und leere Teller wieder hinaus, die Töchter hofften, daß bei Programmbeginn das Wohnzimmer wieder zur Verfügung stehen würde. Sie mußten dem Besucher die Hand geben, eine schlagfertige Bemerkung wie nebenbei fallenlassen und abtreten. Im Beisein von Dritten gab es bei dem Vater nun, mit mittlerweile halbwüchsigen Töchtern, einen Anflug von Stolz, er sagte *Té té*, Abkürzung von *teure Töchter*, und hatte im Blick so etwas wie Wohlgefallen. Bei solchen Gelegenheiten sagte er auch, daß er froh sei, keinen Sohn zu haben. Wart's ab, vielleicht bin ich einer, ging der Tochter durch den Kopf, ein Sohn in dem von dir gefürchteten Sinn. Oft hob er eine Äußerlichkeit hervor, Frisur, schlanke Taille, monierte Hosen, die schöne Beine verdeckten. Die Töchter wanden sich unter der Begutachtung. Bei der nächsten gemeinsamen Mahlzeit fiel das luftige (es hatte gewissermaßen von draußen einen Sauerstoffschub erhalten) Wohlwollen in sich zusammen, erdrückt von der Starre der eingeübten Posen und Positionen.

In den siebziger Jahren begannen – im Opel Kadett – die Polenfahrten, ein polnischer Maler wurde entdeckt und fortan unterstützt: durch Spenden und durch Aufkauf vieler seiner Werke, die zwischen den Stichen Platz finden mußten. Die Töchter bekamen zu jeder Gelegenheit ein Bild von A.P., der Vater machte sich dessen Kunst so zu eigen, daß leicht eine Stunde vor einem Bild mit dessen eingehender Würdigung verging, monologisch, manisch, ununterbrechbar. Der Vater interessierte sich eigentlich nicht, sondern verschrieb sich gleich. Das dauerte an wie ein hohes Fieber und verschwand irgendwann oder wurde so mäßig, daß es nicht mehr der Rede wert war. Bis zum nächsten Fall. Außerdem kam aus Polen Folklore ins Haus, die Küche wurde rustikal umgestaltet und polnisch dekoriert. Um die jüdischen Emigranten aus Polen, die Ende der sechziger Jahre angesichts des stark aufgeflammten Antisemitismus mehr oder weniger gezwungen waren, das Land zu verlassen, und in Mainz landeten, kümmerte er sich. Er beschenkte sie, gab ihnen Geld, erledigte alles Bürokratische für sie oder mit ihnen zusammen. Es machte ihm Spaß, mit seinem hervorragenden Polnisch zu glänzen, er wurde der so entstandenen Kontakte allerdings auch schnell wieder leid. Vielleicht, weil es sich bei den meisten neu gewonnenen Freunde um kämpferische Intellektuelle handelte, die trotz aller niederschmetternden Erfahrung, trotz Verfolgung und Beschädigung voller Tatendrang waren und ihm so seinen Rückzug in den Feierabend, mit den Höhepunkten Bridgeturnier und Bratenessen unangenehm – und unfreiwillig – vor Augen führten. Außerdem hatte ihr Polen wohl mit seinem habsburgischen nicht mehr viel gemein, bei den Fahrten gab es viel Klagen über die Grenzkontrollen, die Straßen, die Bewirtung. Aber die Bindung riß nie. In Mainz führte er die Gäste mit dem Stolz eines Eigentümers herum, alle traten einmal auf den 50. Breitengrad, der in der Innenstadt, gold gerahmt, mitten durch ein Schuhgeschäft führte, und setzten sich ins Domcafé. Es gab ihm Schwung, und das Romanprojekt stand nun wieder auf seiner Tagesordnung. Bei der Vorstellung seiner Entwürfe, wie immer bei Tisch, wuchsen seine Begeisterung und seine Zuversicht. Die längste Zeit malte er sich die Aufnahme seines Buchs aus, das alles Vorangegangene in den Schatten stellen würde, es würde erkannt werden, daß die Umwälzungen und Ereignisse seines Lebenszeitraums – der zweier Kriege – noch nie so epochal erfaßt worden seien, wie es in seinem Roman der Fall sein werde. Er hatte ein glückliches Gesicht dabei. Er würde anfangen, das stand fest, aber jetzt begann erst einmal eine Sendung oder ein Bridgeturnier. Dazu ein paar Pralinen.

Alle Unterwanderung hatte in diesem geschlossenen System mit Musik und Büchern zu tun, Verbündete von außen gab es nicht. Die Töchter sammelten sich um das Radio wie um eine Verheißung und sogen mit geschlossenen Augen die zensurierte, instrumentelle Fassung von *Je t'aime moi non plus* auf, die noch erregender war als die mit Gesang, weil der Text, das Stöhnen und das Hingeben nun in die Zuständigkeit der Zuhörer fiel. Die Verschmelzung war so groß, daß es die Tochter nicht erstaunt hätte, wenn Serge Gainsbourg durch den Windfang in den engen Flur gestürzt wäre, die Stiche und Teppiche keines Blickes gewürdigt, sondern nur mit entschiedener, unerzogener schwarzhaariger Wildheit und schiefer Krawatte auf dem gemeinsamen Aufbruch bestanden hätte – sofort! Die kleinen Ekstasen hielten nicht vor, mündeten in nicht mehr als unbeholfenen Wandkritzeleien, Sehnsuchtsgraffiti und der Gewißheit, daß sie garantiert folgenlos bleiben würden. Zu überwältigend das Gefühl, eingesperrt zu sein und nicht mehr, nicht weniger, nichts anderes wünschen zu dürfen als das, was durch die Erfüllung der väterlichen Wünsche bereits geschafft, angeschafft war: ein Haus, ein Auto, ein Fernseher.

Die Depressionen kehrten zurück, in dem Maße, in dem die Freude über das Erreichte und Gekaufte verblaßte. Krankgeschrieben saß der Vater in der Küche und löste Kreuzworträtsel, ging wenige Schritte, um den

Aschenbecher auszuleeren, zog sich nur an, um zum Arzt zu fahren. Danach Klausur mit der Mutter, meist wegen des Verdachts, von dem Arzt trotz des Titels nicht ernst genommen und für einen Hypochonder gehalten zu werden. Der Hausarzt sprach ein schnoddriges Määnzerisch und fällte seine Urteile in Unkenntnis all dessen, was nach Meinung des Vaters wichtig war für seine korrekte Behandlung: nämlich das Nervöse und Genialische, die hohe Reizbarkeit anzusehen als eine fragile Fracht, die es unter Wahrung der Illusion eines Ziels – das ja nur kurzfristig aus dem Blickfeld geraten war – zu schützen galt. Auch bei völliger Untätigkeit. Für den Arzt waren die Klagen und Beschwerden dagegen einfach nur Ausdruck eines krankhaften Geltungsdranges, der Komplizen brauchte zur Tarnung seiner Haltlosigkeit.

Große Erregung, großes Auf und Ab in den unteren Räumen, die Mutter am Telefon auf der Suche nach Spezialisten für die schwierigen Symptome des Vaters oder auf der Suche nach einem unvoreingenommenen Arzt, der nicht zögern würde, das nächste Schlafmittel zu verschreiben. Die Tochter entrückt in ihrem Zimmer, mittlerweile unter dem Dach, weil eine Studentin ausgezogen war. Die rote Deckenlampe brannte und zeichnete alle Konturen weich. Die Tochter lag auf dem Bett und betrachtete sich in einem kleinen Handspiegel, um zu wissen, wie sie aussah, wenn der Mann, der einmal über ihr liegen würde, sie anschaute. Sie wußte es dennoch nicht. Freundinnen kamen so gut wie nie ins Haus, dafür waren die Verkrampfung miteinander, die Verschlingung ineinander zu groß. Es mußte immer damit gerechnet werden, daß der Vater, gereizt und mit sich hadernd, unhöflich oder grob würde, noch schlimmer: die Freundin mit einem langen Vortrag auf der Sitzbank am Küchentisch festnageln, ihre Blicke auf die Uhr, ihr Füßescharren und Krümelsortieren übersehen würde, bis nur noch das unvermittelte Aufstehen blieb: *Ich muß jetzt wirklich gehen, meine Mutter wartet mit dem Essen.* Die Tochter zwar wieder verwaist, aber erleichtert.

Zu den Geburtstagen des Vaters kamen seine Schwestern, seltener sein Bruder – eine politisch grimmige Gegnerschaft, der selbständige Ingenieur und Patentinhaber gegen den Beamten, der sich Sympathien für die Linke leisten konnte –, und fuhren nach wenigen Stunden wieder ab. Unter Tränen die Frauen, vor Zorn rauchend der Bruder. Dabei hatte ihn der Vater in den Nachkriegsjahren mit allen Mitteln unterstützt. Die Töchter kassierten gleich zu Beginn des Besuchs fünf Mark, denn, so sagte die Tante, wer weiß, ob wir später noch dazu kommen. Und hatte jedesmal recht. Sie stritten über Geld, Einschätzungen (der Wahlergebnisse, der Politiker, der Bildungsreform), ihre Karrieren und die Vergangenheit, die den ältesten Bruder beschenkt, sie, die Geschwister, dagegen hintangesetzt hatte. Die Schwestern mußten früh arbeiten, nähen und schneidern, um den Ehrgeiz des großen Bruders mitzufinanzieren. Vom Balkon aus beobachteten die Töchter die traurige, dramatische Abreise der Verwandten, die fünf Mark in der Faust. Die Tante, die ein steifes Bein hatte, fuhr so schlecht Auto wie der Vater, und wie er lobte sie ihre Fahrkünste gern und ausführlich selbst. Für solche Rivalen war kein Haus groß genug. Der Zug, in dem sie 1945, unmittelbar nach Kriegsende, unterwegs war zu ihrem Verlobten, verunglückte, sie überlebte schwer verletzt. Lag sechs Monate im Streckgips und sah den Verlobten nie wieder. Sie wurde in Frankfurt am Main die Sekretärin eines Oberstaatsanwalts, von dem sie unausgesetzt sprach und davon, wie dieser sein Leben ohne sie schlechterdings nicht mehr meistern könne. Bereits im KZ Auschwitz hatte sie in der Verwaltung getippt und war auch dem dortigen Vorgesetzten unentbehrlich gewesen. Mitten durch ihr Gesicht verlief wie eine Demarkationslinie eine lange Narbe, und die Töchter spotteten über das geteilte Deutschland. Sie war ungenießbar bitter – kein Erbarmen, nur Erlösung, wenn sie fuhr.

Der Vater hatte neben dem Kreuzworträtseln seine Ahnenforschung wieder aufgenommen. Er unternahm mit der Mutter – die Töchter blieben ein Wochenende allein zurück, bei weit aufgerissenen Fenstern kehrte vorläufiger Friede und ein wenig Welt ein – eine Fahrt nach Franken und ließ sich von ihr vor jedem Ortsschild, das *Leupold* in seinem Namen trug (*Leupoldsgrün, Leupoldsdorf, Leupoldstein*) fotografieren. Im Hintergrund steht der blaue Opel Kadett. Auf vielen Fotos sieht es aus, als würde der Vater umfallen, wenn er sich nicht an das Ortsschild lehnen könnte. Die Franken in Franken sind anders als die Franken in Schlesien, aber die Rostbratwürste schmecken gut. Als er nach Hause kommt, gibt es wieder viel zu rahmen, Stiche mit Ansichten der verschiedenen Leupolds-Orte, also ein paar Tage Beschäftigung, ein paar Tage frei von lähmender Verzweiflung. Das Klavierspielen schläft ein, weil auch im eigenen Haus wegen der exzentrischen Schlafzeiten des Vaters das Üben fast nie möglich ist. Alles ist prekär, jederzeit kann der Vater einen seiner wutentbrannten, selbstzersetzenden Ausbrüche haben, denen sich die Töchter durch Flucht in alle Richtungen – Silberfischchen, wenn das Licht angeht – entziehen. Selbst Anlässe wie Weihnachten, in besseren Jahren vom Vater mit einem gewissen Behagen mitgefeiert, sind jetzt keine Gewähr für eine auch nur kurzfristig befriedete Zeit. Nach dem Essen beginnt die gefährliche Phase, er ist nun beschäftigungslos, anfällig, er weiß sich eingesperrt in falsche Entscheidungen, in einen immer versehrteren Körper. Nur über die Nahrungsaufnahme ist er in der Lage, das zu vergessen, ißt gierig, ungeduldig, ohne Genuß. Überall liegen Aluminiumhüllen von Tabletten herum, die er wahllos und aufgebracht schluckt, aufgebracht, weil sie ihm die ersehnte Ruhe nicht verschaffen, nur Müdigkeit, Stumpfheit. Die Anwesenheit der Töchter oder das Zukunftssatte der Jugend reizt ihn, nur rauchend erträgt er die verstreichende, stillstehende Zeit. Wenn ihm die Zigaretten ausgehen und die nötigen Münzen fehlen, ist er außer sich, hilflos vor Zorn. Er ist so unbeherrscht, daß es keine Gewöhnung daran geben kann. Die Luft ist niemals rein. Man schleicht treppauf und treppab, vorsichtig, als befürchtete man Minen. Da man nie miteinander gesprochen hat, kann man jetzt nur streiten, fluchtartige Spaziergänge um den Häuserblock, immer die gleichen erleuchteten Fenster, hinter denen man Gott weiß welche Einigkeit vermutet, ungeduldiges Countdown bis zum Abitur. Noch einmal fährt die ganze Familie nach Pörtschach, und die Tochter läßt die Haare, den Pony, so wachsen, daß ihr Gesicht dahinter verschwindet. Es ist, als wäre Österreich ranzig geworden. Und der Garten bei Beers nur ein Garten, kein Versprechen mehr.

Die Schreibmaschine verschwindet vom Schreibtisch im Herrenzimmer, Arztrechnungen, Beihilfeanträge bedecken seine ganze Oberfläche, alle Korrespondenz dreht sich um Gesuche – nach Kur, nach Übernahme von Kosten, nach Anerkennung des Leidens, der Leiden, aller Leiden, lebenslang, nach Freispruch. Wenigstens bürokratisch soll die Erlösung gewährt werden.

Wenn man aus dem Haus tritt, ist es, als verließe man eine Höhle. Erkennt, geblendet, nichts; weiß, geblendet, nichts.

*Wenn einer entfesselt wäre und gezwungen würde, sogleich aufzustehen, den Hals herumzudrehen, zu gehen und gegen das Licht zu sehn, und, indem er das täte, immer Schmerzen hätte und wegen des flimmernden Glanzes nicht recht vermöchte, jene Dinge zu erkennen, wovon er vorher die Schatten sah: was, meinst du wohl, würde er sagen, wenn ihm einer versicherte, damals habe er lauter Nichtiges gesehen, jetzt aber, dem Seienden näher und zu dem mehr Seienden gewendet, sähe er richtiger, und, ihm jedes Vorübergehende zeigend, ihn fragte und antworten zwänge, was es sei? Meinst du nicht, er werde ganz verwirrt sein und glauben, was er damals gesehen, sei doch wirklicher als was ihm jetzt gezeigt werde?*

Im Schein der Küchenlampe sitzt der Vater am Tisch, krumm und dünn, zum Entziffern der Kreuzworträtsel, zum Lesen der Bridgeheftchen muß er eine Brille tragen, die Gläser getrübt von Küchendunst und Rauch. Er trägt einen braungestreiften Bademantel über dem Pyjama, die Haare sind ungekämmt. Lederpantoffeln. Die Finger nikotingelb, vor ihm der volle Aschenbecher, die Schachtel HB, die Tasse Kaffee, Zuckerreste am Boden. Die Augen haben an Farbe verloren, die Haut ist trocken, sehr zart, knittrig. Älter als er selbst. Er sitzt in seinem Rauch wie hinter Gittern, aus seinem Blick ist jedes Interesse an denen, die sich frei bewegen, verschwunden. Er ist der Schatten geworden, dem die Höhlenbewohner ihren Irrtum schulden.

*Ich bin ein heiliger Reiter*

Es gibt ein Erzählen, das darauf abzielt, den Zuhörer von der berichteten Erfahrung auszuschließen, statt ihn daran teilnehmen zu lassen. Ein Erzählen, hinter dem der Erzähler in Deckung geht, in dem er sich nicht ausdrückt, sondern verdrückt. Dabei schauen sich Erzähler und Zuhörer, Vater und Tochter, selbstverständlich nicht in die Augen, denn im Unterschied zu zwei im Gespräch verbundenen Personen können sich dieser Erzähler und sein Zuhörer, die im Krieg stehen, nicht ihre Anwesenheit und Gegenwart durch wechselseitige Zuwendung bezeugen. Der Zuhörer ist mit seinem eigenen Körper befaßt, Haare zupfen, Lippen nagen, Nagelhaut beißen: Er muß sicherstellen, daß er da ist. Die Füße, unter dem Tisch, sind bereits unterwegs. Der Erzähler, ohne Adressat, aber im Beisein einer widerständigen zweiten Person, an der sich der Schall des Redens bricht (immerhin weiß er so, daß er spricht), ist dadurch in Unruhe versetzt und schreitet den Raum ab, wieder und wieder.

So bleibt mir, dem damaligen Zuhörer, nur, alles Erzählte – nicht anders als das Nichterzählte – neu aufzusuchen, neu zu begreifen, zu einer Geschichte zu vollenden – oder dem Unfertigen, Unverständlichen stattzugeben. Als nachgelassene Tochter. Als niemals verabschiedete Tochter.

*Nun bin ich ledig aller Laun/und Gunst der Welt und Gunst*
*der Fraun/Ich bin ein heiliger Reiter/und zieh in einen heiligen*
*Krieg/Frag nicht nach Lohn, frag nicht nach Sieg/Ich bin ein hei-*
*liger Reiter.*

Mit diesem Gedicht von Binding beginnt am 22. Oktober 1942 der zweite Teil – der erste ist verschollen – des
Kriegstagebuchs des Magisters Leupold, 29 Jahre alt. Er
übt die Unterschrift: Mgr. Leupold, Mgr. Leupold inmitten von physikalischen Aufzeichnungen zu *Inhalt und
Meßbarkeit.* Er ist, nach einmonatigem Lazarettaufenthalt
wegen einer Nierenentzündung, in der Nachrichten Ersatz Abteilung in Pasewalk, Uckermark, stationiert. Größ-
tenteils diente das Tagebuch der Skizzierung mathematischer Probleme – Seiten um Seiten mit Berechnungen
und geometrischen Zeichnungen – und der Niederschrift
einer Erzählung. Die auf den Krieg bezogenen Passagen
entstehen weitgehend während der Lazarettaufenthalte,
die sich, knapp sieben Monate nach seinem Einzug, häu-
fen. Er hat dort Zeit zum Nachdenken: *Wenn ich mir etwas
wünschen möchte an dieser Stelle, dann Klarheit über mich
selbst. Es möge doch die eine kommen, die mich ganz gefangen
nimmt. Ich will die «schönen Täuschungen» nicht mehr.*

Ein junger, fremder, sentimentaler Ton, überhaupt ein
junger Mann, zukunftsträchtig. Unbekannt.

Während ich diesem Mann, der später mein Vater
wurde, auf der Spur bin, sehe ich mich selbst: über die Ta-
gebücher gebeugt, im Kampf mit der stark nach rechts ge-
neigten, langgezogenen Schrift, den u-Oberstrichen und
t-Querstrichen, die sich kaum unterscheiden lassen, den

kryptischen Abkürzungen und polnischen Einsprengseln. Ich sehe mich in Archiven und am Telefon, beim Öffnen von Briefen mit Nachrichten aus Fernen, die sich mit der Zeitangabe «vor sechzig Jahren» nicht im geringsten beschreiben lassen.

Ich verstehe mehr und weniger.

Wer mir hier aus den eigenen Texten – Tagebüchern und Erzählungen – und aus den Akten, Vermerken, Berichten und Beurteilungen Dritter entgegentritt, ist radikal diskontinuierlich einerseits und erschreckend kontinuierlich andererseits. Auch die Anstrengung der Erinnerung und der Fixierung änderte daran zunächst wenig: Wie von der falschen Seite des Magneten in alle Richtungen zerstreute, zerstobene Späne breiten sich die Lebenszeugnisse vor mir aus; das Geschmeidige, Gestaltete, Folgerichtige, das der Gebrauch von Konjunktionen herstellt, Lügen strafend. Die Splitter lassen sich chronologisch und räumlich ordnen, aber *weil, damit, um zu, so daß, obwohl* versagen oft ihre Dienste als Klebstoff des Disparaten. Es gibt Linien und Folgerichtigkeiten, und es gibt Widersprüche. Was bleibt, ist eine Fundstelle. Und diese hat Eigenarten und Potentiale. Eine Fundstelle, ähnlich der Impfnarbe auf der Haut der geliebten Frau in einem Gedicht von Seamus Heaney: *ein O, das in die Rinde heilte.*

Nur daß die Narben, die der Krieg hinterläßt, auf den Verlust der körperlichen Unversehrtheit hinweisen, nicht auf ihren Schutz.

Auf dem Foto, das kurz nach der Matura in Bielitz aufgenommen wurde, hat der junge Mann einen leicht skeptischen, leicht hochmütigen Blick. Das Grübchen im Kinn, später beim Vater Speisekämmerchen genannt, weil dort hängenblieb, was ihm beim hastigen Essen von der Gabel stürzte, ist trotzig gereckt, er trägt einen dunklen Anzug, weißes Hemd, schmale Krawatte mit Rhombenmuster aus glänzendem Stoff, wahrscheinlich Seide. Ich weiß nicht, ob dies der Anzug ist, in dessen Tasche sein Vater den Brief mit der Ankündigung seines Selbstmordes steckte. Dabei handelte es sich um den Matura-Anzug, Juni 1932. Es heißt, der Vater – Kupferschmied von Beruf – sei an der Arbeitslosigkeit und der Benachteiligung, die er als Deutscher erfährt, verzweifelt. Und habe immer dichten wollen, aber in der falschen Sprache. Der Sohn findet den Brief einen Tag früher als vorgesehen, weil er den neuen Anzug anprobieren möchte, und schweigt. Aus Not, in der Hoffnung, es möge nicht passieren? In Kälte oder Schreck erstarrt? Ich weiß es nicht. Er hat es nicht berichtet. Und als der Vater sich, schauerlich termingerecht, umgebracht hat, ist es der Sohn, der ihn findet: erhängt an einem Apfelbaum, die Äpfel noch nicht größer als Kirschen. Wie ohnmächtig muß er sich gefühlt haben, wie nutzlos wütend. Er sieht, daß der Vater den besten Anzug angezogen, er sich rasiert hat. Für welches Leben bloß? Die Schönheit der Obstwiese, des Maihimmels, der Luft – geschmacklos. Läuft er nach Hause? Oder zu seinem Mathematiklehrer, bei dem er in den letzten beiden Schuljahren ein und aus ging und der ihm das Gefühl gab, eine Zukunft zu haben? (Er wußte nicht, daß dessen Frau, von der Schmächtigkeit seines Schülers gerührt, ihren

Mann drängte, den Jungen zum Essen einzuladen. In seinem Blick sah sie etwas, Abweisung, Neugier, ein Flehen. Sie wußte, wie arm die Familie war.) Ein Schnitt mitten durchs Leben. Der Ast, der Strick, der Vater. Ein Kreuz durch die Zukunft. Der Schreck, den ich als Kind empfand, wenn der Vater davon erzählte, kehrt zurück. Er hatte den Tod zu einer Anekdote verschnürt. Vielleicht hat ihn dieser Tod empfänglich gemacht für die deutschnationale Radikalisierung, die er in den folgenden Jahren erfährt, für die Phantasien der Machtergreifung und Selbstbehauptung. Er hatte, noch bevor sein Leben richtig begann, schier untilgbare Schulden bei der Vergangenheit.

Nach dem Tod des Vaters wird die Lebensversicherungsprämie ausgezahlt, der jüngste Bruder kommt dennoch ins Waisenhaus, das Geld reicht nicht. Er ist sechs Jahre alt. Im Vorzimmer der Anderthalbzimmerwohnung steht eine Nähmaschine, bis Mitternacht näht die älteste Tochter auf ihr, danach die Mutter. So reicht ein Bett für zwei.

Es gibt in Bielitz, Bielsko auf polnisch, oberschlesisches Zentrum der Textilindustrie – unweit von Krakau, unweit von Auschwitz entfernt, seit dem 15. Jahrhundert eine deutsche Sprachinsel –, auch nach 1918 eine deutsche Schule (*Staatsgymnasium mit deutscher Unterrichtssprache*), ihr Bestehen ist häufig bedroht. Die jüngste Schwester wird ein Jahr eher eingeschult, damit die notwendige Mindestschülerzahl erreicht werden kann. Und es gibt deutsches Vereinsleben: Man wandert deutsch, turnt deutsch. Jede Benachteiligung – die reale ebenso wie die eingebildete, die schwerwiegende ebenso wie die geringfügige – befördert Fanatismus; aber hatte R.L. bei aller Armut nicht dennoch die Voraussetzungen, durch Bildung, durch Vielfalt an Erfahrungen und durch seinen Zugang zu beiden Kulturen diesen zu entkräften? Die Kränkung, als Deutscher zwanzig Jahre lang unter polnischer Herrschaft gelebt haben zu müssen, wird für ihn, Mitglied der deutschen «Minderheit» (numerisch allerdings war die deutsche Bevölkerung in der Mehrheit) zum Auslöser für alle folgenden – auch zwanghaften – Wahrnehmungen von Zurücksetzung. Vielleicht hätte er ohne den Nationalsozialismus und ohne den Kriegsausbruch einfach nur der berühmteste Mathematiker sein wollen; mit dem Krieg kam, anstelle der bloßen Machtphantasien, die reale Möglichkeit der Machtausübung und damit die Einladung, das Deutschsein nicht nur als Kern der eigenen Identität zu empfinden, sondern auch als Grundlage einer bedeutenderen Karriere anzusehen als diejenige, die lediglich aufgrund einer Ausbildung hätte angetreten werden können.

1932, gleich nach der Matura, wird R.L. Mitglied des Vereins Deutscher Hochschüler und beginnt an der Johann-Kasimir-Universität in Lemberg das Studium der Mathematik und Physik. 1935 tritt er der *Jungdeutschen Partei für Polen* bei. Als er 1937 sein Studium mit der Magisterprüfung – die Magisterarbeit über *fastperiodische Funktionen* schreibt er auf polnisch – abschließt, bleibt er knapp zwei Jahre ohne Arbeit, weil er – wie es 1943 im Bericht

des Amtsrats Günther an die Regierung des Generalgouvernements über Personalangelegenheiten der Lehrer
Höherer Schulen heißt – die *Beschäftigung im polnischen
Schuldienst verweigert.* Das Promotionsangebot schlägt er
ebenfalls aus, weil es an die Annahme der polnischen
Staatsbürgerschaft geknüpft ist. Endlich einmal scheint
seine Sehnsucht nach Bedeutung und Ruhm in Überein-
stimmung mit der Geschichte zu stehen. Ist es diese Ent-
schlossenheit, die ihn auf dem Foto bereits das Kinn so
energisch recken ließ?

Er geht als Versicherungsmathematiker nach Wien, von
dort als kommissarischer Kreisschulrat nach Neumarkt,
im äußersten südwestlichen Zipfels des Generalgouvernements, wo er in einem *vom Staat beschlagnahmten Zimmer
einer jüd. Wohnung* lebt. *Nähere Anschrift unbekannt.* Wer hat
wohl außer ihm in dieser Wohnung, die zimmerweise vermietet wurde, gelebt, wußte er, daß sie beschlagnahmt
worden war? Wie gleichgültig, wie blind, wie indoktri-
niert – im Sinne eines natürlichen Rechts deutscher Vorherrschaft – muß er gewesen sein, darin nichts Anrüchiges
zu sehen.

Von Neumarkt wird R.L. als kommissarischer Kreisschulrat nach Tarnow im Distrikt Krakau – der später,
1943, in den Distrikt Galizien eingeht – versetzt.

*Infolge außerordentlichen Mangels an Kreisschulräten im
Generalgouvernement, die der polnischen Sprache mächtig sein
müssen, wurde Leupold zunächst mit der Führung der Geschäfte
eines Kreisschulrats in Neumarkt und später in Tarnow beauftragt. Vom 18.1. – 17.10.1941 war Leupold als Referent für das*

*polnische Schulwesen in der Abteilung Wissenschaft und Unter-*
*richt tätig. Am 17.10.1941 erfolgte seine Einberufung zur Wehr-*
*macht.*

Auch in Tarnow lebt R. L. ausnahmslos in beschlagnahmten Wohnungen. Es ist heute beim Nachlesen unvorstellbar, daß das Ausmaß der wahnsinnigen Um- und
Aussiedlungspolitik des Reichs und des Generalgouvernements – in den Strategien keineswegs immer einig –
einem davon Betroffenen, vorteilhaft Betroffenen, nicht
bewußt gewesen ist. Die bezogenen Räume müssen noch
warm von den Vorbewohnern gewesen sein, ihre Spuren
noch lebendig.

Als Kreisschulrat hätte ihm nach Ansicht des Generalgouverneurs Frank sogar ein Kraftwagen zugestanden. Ich
lese diesen Eintrag im Diensttagebuch Franks und muß
an die Angewohnheit des Vaters denken, niemals Auto,
sondern immer *Wagen* zu sagen. Vielleicht hat er, selbst
Jahrzehnte später, so etwas wie einen Dienstwagen, einen
*Ver*-Dienstwagen, im Auge gehabt. Als, im Jahre 1944,
seine Beförderung zum Studienassessor in Abwesenheit
ansteht – er ist an *vorderster Front im Osten* –, fällt seine
Beurteilung durch die Hauptabteilung Wissenschaft und
Unterricht der Regierung des Generalgouvernements
glänzend aus. Verfasser der Eloge ist ein Dr. Eichholz,
Ludwig mit Vornamen, SA-Obersturmbannführer. Seit
Oktober 1942 *Leiter bzw. Präsident der Hauptabteilung Wis-*
*senschaft und Unterricht in der Regierung des Generalgouverne-*
*ments. Ab Oktober 1942 im SA-Führungsstab GG. Nach dem*
*Krieg Oberstudienrat in Höster.*

Eichholz schreibt:

*In der Schulverwaltung hat sich Leupold nach übereinstimmender Meinung seiner Dienststellenleiter in Krakau und Lemberg durch sein Organisationstalent, seine rasche Auffassung und seine Einsatzbereitschaft sehr bewährt. Dem Einsatz Leupolds in der Schulaufsicht als Referent für das Berufs- und Fachschulwesen und als kommissarischer Stadtschulrat in Lemberg kam die Kenntnis der nationalen Verhältnisse Lembergs besonders zustatten. Er war in der Lage – auf Grund seiner guten Menschenkenntnis –, jene loyalen polnischen und ukrainischen Mitarbeiter auszuwählen, die sich beim Aufbau des Schulwesens als Hilfsorgane in der Schulaufsicht bis heute bewähren. Leupold beherrscht beide Landessprachen und ist in der Lage, die Führung des Unterrichts unmittelbar zu beurteilen, der auch sofort auf einer gewissen Höhe stand. Der Aufbau der städtischen Schulverwaltung in Lemberg ist auch in administrativer Hinsicht sein Werk.*

*Sein Verhältnis zur Lehrerschaft, zur NSDAP und ihren Gliederungen und zu den Behörden war einwandfrei. Er erwarb sich rasch das Vertrauen der ihm unterstellten Lehrerschaft, wußte sich im Verkehr bei den Behörden stets durchzusetzen und war auf Grund seiner stets deutschen Haltung auch bei den Nichtdeutschen angesehen und geachtet.*

Aus den Unterlagen über die Wehrmachtszeit geht hervor, daß der Einsatz in *Mittelrußland* (Rhsew) nur vom 1. März bis zum 13. Juli 1942 dauert, danach *Aufenthalt in verschiedenen Lazaretten bis zum 29.09.1942*, im Anschluß daran wird er zur *Nachrichten Ersatz Abteilung 12* in Pasewalk bzw. *Genesenden Kompanie Nachrichten Ersatz Abteilung 2* gesandt. Den November 1942 verbringt er im Reservelazarett Stettin wegen eines Leistenbruchs. Dort setzen die Tagebuchaufzeichnungen am anderen Ende desselben Heftes wieder ein.

*Ein paar Blätter mit Wichtigem und Unwichtigem aus meinem Leben. Begonnen zu Stettin, den 14.11.1942. Mgr. phil R. Leupold*

Es sind Aufzeichnungen, die das Gelesenwerden ganz offensichtlich mitbedenken und damit dem Berichteten eine Bedeutung für die Nachwelt unterstellen. Ein schwärmerischer, hoher Ton, die Gier nach Geltung – *basso continuo* seines Lebens – herrschen in ihnen vor.

*Meine «Zwiegespräche mit Goebbels» möchte ich die Gedanken nennen, die von mir wohl jeden Abend hier im Laz. Besitz ergreifen. Ob ich einmal die Courage aufbringen werde Goebbels zu schreiben? Vielleicht kommt ein Anlass! Oh ich sehne mich nach der Führung über Menschen. So lange ich gewöhnlicher Muschkote bin, werde ich kaum zufrieden sein.*

Er schafft es bis zum Obergefreiten.

Als er diesen Träumen nachhängt, ist er knapp dreißig. Seit drei Jahren herrscht Krieg, Kriegsbeginn, der Überfall Polens und Beginn seiner Karriere fallen zusammen, auch politisch: Die Jungdeutschen sind am Ziel. Endlich wird das Stück aufgeführt, in dem sich der Magister phil. vorstellen kann, eine Hauptrolle zu übernehmen.

Die Straßennamen der Bielitzer, Kattowitzer und Tarnower Adressen, wo er, meist nur kurze Zeit, wohnt, wandeln sich: von *Robotnicza 4* (1927–1936), zu *Waisenhausstr. 15* (1936–1940), *Kohlenstr. 10/II* (ab 1940), schließlich *Ursulinenstr. 11a/I* in Tarnow. Deutlich ist bei der letzten

Tarnower Adresse zu sehen, daß der ursprüngliche Straßenname gelöscht wurde und der neue in einer anderen Schrifttype eingefügt wurde. Am 1. Januar 1941 beantragt er die Aufnahme in die NSDAP, am 1.4.1941 wird dem Antrag stattgegeben. Der Obersoldat und spätere Gefreite, der Ende 1942 im Stettiner Reservelazarett und ab Januar 1943 wieder zurück in Pasewalk bei der Nachrichten Ersatz Abteilung Tagebuch führt – fühlt er sich, gemessen an den vergangenen knapp anderthalb Jahren als kommissarischer Kreisschulrat, zu Untätigkeit und Belanglosigkeit verurteilt und in seinem Ehrgeiz, Regie zu führen, behindert? Was ihm, vom Kriegsgeschehen an der Front und von der Karriere abgekoppelt, bleibt, ist, eine Art Drehbuch der Exekutive zu verfassen. So liest sich das Folgende nämlich; wenigstens auf dem Papier ist der Schauplatz das Zentrum der Macht:

*Pasewalk, 11. Januar 1943*

*Gespräch mit Wiesner, am 31.12.42. Ich zeichne es aus dem Gedächtnis nieder, weil es so wichtig ist in bezug auf meine weitere ev. Tätigkeit im G.G.* [Generalgouvernement] *Min. Frank lud Wiesner zu sich auf die Krakauer Burg.*

*Frank: Herr Senator! Ich schäme mich vor Ihnen zu stehen.*

*W.: schweigt*

*Frank: Wie ist es möglich, daß ein Mann wie Sie nicht eingesetzt ist in die Fülle der Probleme, die der Osten in sich birgt.*

*W. schweigt*

*Frank: Sie führen ein lächerliches Ingenieurbüro u. hier bei uns türmen sich die Aufgaben. Das Polen=Ukrainer=Judenproblem ist noch nicht gelöst.*

*W. schweigt.*

*Frank: Sie, der Sie dieses Land und seine Leute kennen, Sie müßten hier eingesetzt werden.*

*W. Herr Min. Ich fühle mich an dieser Stelle verpflichtet zu sagen, daß ich mir meinen Dienst nur in führender Stellung vorstellen kann.*

*Fr. Selbstverständlich. Sie würden herausgehoben werden und bestimmt den Rahmen finden, der Ihrer Stellung entspricht.*

*Ich war erstaunt über dieses Gespräch und riet W. sofort, ein Amt im G.G. nur dann anzunehmen, wenn er, etwa als Staatssekretär direkter Vorgeordneter des Gouverneurs würde. Fehlte dies, so könnt er übergangen werden, hätte kein Machtbereich.*

*13.1.43 Im übrigen kann diesem Gespräch entnommen werden, das Frank vieles seiner Politik «der starken Hand» als gescheitert ansieht. Ich bin gespannt auf das weitere.*

Im Diensttagebuch des Generalgouverneurs Hans Frank findet sich am 16.12.1942 folgender Eintrag:

*Frank empfängt Senator Wiesner – Führer der jungdeutschen Bewegung im Vorkriegspolen – und wünscht eine Verwendung Wiesners im Rahmen der HAbt. Innere Verwaltung.*

Bei dem Gesprächspartner des Generalgouverneurs handelt es sich um Rudolf Wiesner, geboren 1890 in Alexanderfeld, von Beruf Diplom-Ingenieur. Im Jahre 1931 gründet er die Jungdeutsche Partei in Polen, deren Programm mit dem Aufruf beginnt: *Deutscher! Nimm in unseren Reihen teil an dem nationalen Behauptungskampf unseres Deutschtums! Hinein in die Jungdeutsche Partei!*

Rudolf Ernst Wiesner ist bis 1938 Senator der deutschen Minderheit im polnischen Parlament in Warschau, im August 1939 wird er von polnischen Behörden verhaftet. Nach dem Einmarsch der deutschen Truppen wird er befreit und zum SS-Oberführer ernannt. Wiesner ist 23 Jahre älter als sein Briefpartner und Parteigenosse R.L., und er hat ganz offensichtlich großen Einfluß auf den jungen, nach Geltung dürstenden Mathematiker. Vielleicht ist er ihm auch Vaterersatz. Wiesners Jungdeutsche Partei liefert das Programm zu den ehrgeizigen Phantasien des heiligen Reiters.

In Wiesners Vorwort zu den Leitsätzen der Partei heißt es:

*Deutscher sein, heißt kämpfend und opfernd für seine Ideale eintreten. Die deutsche Volksgemeinschaft, eine Kampf- und Notgemeinschaft, sie sei die erstrebenswerte politische Frontstellung (...) Handle jeder nach dem Grundsatz: Nichts für uns, alles für unser Volk. – Heil!*

Der Antisemitismus ist von Beginn an konstitutives Element; so lautet der Leitsatz Nr. 8:

*Wir lehnen jede Gemeinschaft mit dem Juden ab, da er weder dem Blute, noch der Rasse oder Abstammung nach zu uns gehört. Deswegen können wir auch einen Juden nie als Deutschen ansehen, selbst wenn er die deutsche Sprache als seine Muttersprache bezeichnet.*

In den Erläuterungen zum genannten Leitsatz führt Ingenieur Wiesner sodann aus:

*Grundsätzlich stehen wir auf dem Standpunkt der Rassenlehre, d.h. wir sind überzeugt, daß das jüdischen Volk einer anderen, uns absolut ganz fremden Rasse angehört, daß der Jude sich infolge seiner rassischen Eigenschaften vom arischen Euro-*

*päer sehr stark unterscheidet. Die rassischen Eigenschaften kann der Jude nicht verlieren. Keine Taufe, kein Glaubenswechsel ändert etwas daran. Die rassischen Eigenschaften des Juden sind so stark, daß auch Blutmischungen mit Ariern nicht imstande sind, die jüdischen Eigenschaften wegzuwischen. (…) Die geistigen Eigenschaften eines Menschen sind unserer Ueberzeugung nach eine Folge und eine Funktion seiner rassischen Erbanlagen. Der Jude ist infolge seiner rassischen Erbanlagen Materialist, durchaus diesseits eingestellt und stets auf seinen persönlichen Vorteil bedacht.*

Die Jungdeutschen müssen sich *sozialistisch* nennen, denn eine Identitätsbildung durch Klassenzugehörigkeit darf selbstverständlich derjenigen durch Rassenzugehörigkeit nicht übergeordnet sein – überdies okkupiert, aus Sicht der Jungdeutschen, der Jude den Posten des *Kapitalisten* und *Materialisten.*

Die nationalistisch-rassistische Ideologie der Jungdeutschen fällt bei dem Studenten R.L. auf fruchtbaren Boden, eröffnet ihm die ersehnte Perspektive einer naturgegebenen herausgehobenen Stellung. Weniger überzeugend fand er vermutlich die dem völkischen Prinzip innewohnende Vorstellung der Gleichheit aller Mitglieder der deutschen Volksgemeinschaft und die darin enthaltene – auch von Hitler propagierte – Feindseligkeit gegenüber Intellektuellen und Bildung im allgemeinen. Eine ständische, in Klassen organisierte Gesellschaft, in der Aufstieg, Machterwerb und Geltung auch aufgrund erworbener Verdienste und nicht nur angeborener Charakteristika wie eben Rassenzugehörigkeit möglich sind, lehnen die Jungdeutschen, ebenso wie Hitler selbst, entschieden ab. Daß er, R.L., der angehende Magister und *ein einfacher Straßenkehrer*, wie es im Leitsatz 16 heißt, für die Volksgemeinschaft gleichwertig sind, ist mit dem Stolz auf seine herausstechende Begabung, seine akademischen Erfolge kaum zu vereinbaren. Der Dünkel bleibt – für alle Fälle.

Im übrigen entsprach der Student der Mathematik in keiner Weise dem von den Nazis proklamierten athletischen, kraftstrotzenden Arier, der in Körperertüchtigung, in Märschen und demagogischen Gesängen sein Heil sieht und findet. Er gehörte eher zu denjenigen, die Hitler in *Mein Kampf* verächtlich mit der Bezeichnung *geistreicher Schwächling* bedenkt, schmal, nicht groß, dunkel – und bildungsbesessen. Ein guter Schwimmer, *Rennschwimmer* sei er gewesen, erzählte er später den Töchtern und sogar die Zeiten, in denen er gewann. Weil es auch hier um Siege ging (und wenn es nicht um Siege ging, dann eben um durch andere verhinderte, ihm aber eigentlich zustehende Siege), hörte niemand recht hin. Heute, beim Nachlesen des Parteiprogramms, überhaupt bei der Beschäftigung mit der nazistischen Ideologie, schließe ich nicht aus, daß das *Rennschwimmen* seinen Körper dem deutschen Volkskörper annäherte – was man vom Mathematikstudium an einer polnischen Universität nicht behaupten konnte.

Die Jungdeutschen sahen sich als eine Partei *in Polen*. Wiesner hält, im Leitsatz Nummer 13, fest:

*Wenn wir von einem Bekenntnis zum Deutschtum durch die Tat sprechen, so meinen wir damit nicht Maulheldentum, (…) falsches oder gar provokatorisches Verhalten gegenüber dem*

*Staatsvolke, sondern wir meinen damit, daß jeder deutsche Volk-*
*genosse sich so benehmen soll, daß er die Achtung seiner Mitmen-*
*schen erringt und verdient, daß er auch den Angehörigen der an-*
*dersnationalen Bevölkerung als achtenswerter Mensch gilt.*

Dies wird, nach 1939, zum puren Lippenbekenntnis,
vom Opportunismus und Sadismus der Besatzer Lügen
gestraft. Der Leitsatz beschreibt aber sicherlich R. L.s
Einstellung zu Polen, zumal den polnischen Kommilito-
nen, zu den geschätzten Professoren und später den Mit-
arbeitern im Kreisschulrat, zutreffend. Das Wahnhafte,
der Wille zur Macht gehören der Deutschtümelei an, entstehen aus ihr; Bewunderung aber erregen bei ihm die
Verdienste zeitgenössischer Forscher und Vordenker auf
naturwissenschaftlichem und philosophischem Gebiet.
Die reine Mathematik ist das Obdach des Genies, nicht
das Volkstum. Zum Brillieren und zum Aufsteigen eignen
sich überdies solche erworbenen Verdienste mehr als an-
geborene – besonders wenn sie so dramatisch fehlen wie
zwischen den Weltkriegen in R. L.s Familie.

Ein Jahr nach dem im Tagebuch wiedergegebenen Gespräch zwischen Frank und dem Senator Wiesner, nämlich 1944, erscheint Curzio Malapartes (alias Kurt Suckerts)
Roman *Kaputt*. Malaparte ist Kriegsberichterstatter für
den *Corriere della sera*. *Kricket in Polen* heißt das Kapitel, in
dem er eine Begegnung mit dem Generalgouverneur
Frank im Warschauer Schloß Belvedere schildert. (In Wirklichkeit hat das Treffen allerdings ebenfalls auf der Krakauer Burg, dem Regierungssitz, stattgefunden, wie aus
Franks Diensttagebuch hervorgeht).

Das Kaminfeuer knistert, die Gouverneursgattinnen stricken, zartes Klingen der Porzellantassen, der Wein ist vorzüglich. Man spricht über Vernichtung.

*Wir Deutsche folgen in allen Dingen der Vernunft und der Methode und nicht bestialischen Instinkten; wir gehen in allem wissenschaftlich vor. Wenn es notwendig ist», wiederholte Frank mit scharfer Betonung der Silben und mich unbeirrt anschauend, wie um mir seine Worte auf die Stirn zu stempeln, «werden wir die Kunst des Chirurgen üben, aber niemals das Handwerk des Metzgers. Haben Sie etwa», fuhr er fort, «in den Straßen deutscher Städte je ein Judenmassaker gesehen? Nein, nicht wahr? Allenfalls einmal einen Demonstrationszug von Studenten oder ein paar harmlose Steinwürfe von Kindern. Und doch wird es in einiger Zeit in Deutschland keinen einzigen Juden mehr geben.*

Hätte R. L. gern, hat R. L. an dergleichen auf der Krakauer Burg teilgenommen? Der Hofmathematiker, Hofintellektuelle, ein Glas in der Hand, ein physikalisches Gesetz parat, eine mathematische Formel auf der Zunge? Im *Frotzeln* auch im Ostraum der Schnellste, endlich im Besitz des Gefühls, das Sagen zu haben? Der kühle Mitschnitt des Gesprächs zwischen Frank und Wiesner weist ihn aus als jemanden, dem nicht nur die Logik, sondern auch die Logistik liegt. Und der seinen Verstand nicht nutzt.

*Kalt, kalt, kalt,* möchte ich rufen, wie bei dem Spiel, wenn der Suchende mit verbundenen Augen noch weit fort ist vom Ziel.

*Lieber Gott, laß mich berühmt werden* – vor dem Garderobenspiegel, zwanzig Jahre später die Tochter. Ein harmloser Wunsch, weil der Kontext harmlos ist – was aber geschieht mit solchen Wünschen, wenn der Kontext anrüchig wird?

Frank herrschte auf der Krakauer Burg wie ein kleiner Sonnenkönig, man kann es allerorten nachlesen. Zum Hofstaat gehörte ein philharmonisches Orchester, unzählige Bedienstete, ein Schloß (Kressendorf) als private Residenz. Die Kinder, darunter der Jüngste, Niklas, wurden herumchauffiert, die gruseligen Lebensumstände der Ostjuden beim Einkauf zu besichtigen. Im Diensttagebuch schreibt Hans Frank am 16.12.1941:

*Die Juden sind für uns außerordentlich schädliche Fresser. Wir haben im Generalgouvernement schätzungsweise 2,5 vielleicht mit den jüdisch Versippten und dem, was alles dran hängt, jetzt 3,5 Millionen Juden. Diese 3,5 Millionen Juden können wir nicht erschießen, wir können sie nicht vergiften, werden aber trotzdem Eingriffe vornehmen können, die irgendwie zu einem Vernichtungserfolg führen...*

R.L. hatte sicherlich keinen Einblick in die Diensttagebücher des Generalgouverneurs, aber was dieser am selben Tag, ebendem 16. Dezember 1941, in einer Regierungssitzung gesagt hat, wird ihm – seit Juli im Feldlazarett Tatewo bei Warschau –, spätestens aber im Herbst 1942, als er sechzehn Tage Heimaturlaub (in Bielitz und Krakau) erhält, zu Ohren gekommen sein:

*Mitleid wollen wir grundsätzlich nur mit dem deutschen Volke haben, sonst mit niemandem auf der Welt. Wir müssen die Juden vernichten, wo immer wir sie treffen.*

Worauf ist R.L., drei Jahre später, *gespannt*? Auf den

Fortgang seiner Karriere im zunehmend judenfreien, rein-deutschen Generalgouvernement, das dann vielleicht gar kein *Nebenland* (Franks Sprachgebrauch) mehr ist, sondern Hauptland, dem Reich zugehörig? Ist der Triumph der ehemals deutschen Minderheit, die nun, in der Zivilverwaltung an die Macht gekommen, mit Polen und Juden nach Belieben grausam verfährt, so groß, die vorangegangene Kränkung so gewaltig, daß er schlechterdings unerörtert lassen kann, womit der Triumph erkauft, die Kränkung gerächt wurde? Daß jedes Mitgefühl für die Gequälten fehlt? Reichen die wenigen, verquasten Darlegungen bezüglich der rassischen Andersartigkeit der Juden in den Leitsätzen der Jungdeutschen aus, derartig gleichmütig die daraus folgende Vernichtungspolitik als nur mehr logistisches Problem zu sehen? Anscheinend. Der Duktus des Tagebuchs, der wenigen Seiten darin, die sich mit dem Kriegsgeschehen befassen, ist so emotionslos wie die mathematischen und physikalischen Überlegungen und Ausführungen, die ihnen folgen. Für R.L. ist die Herausforderung in beiden Disziplinen, der Kriegsführung und der Mathematik, strategischer Natur; es gibt Probleme (*das Polen = Ukrainer = Juden = Problem* oder das *reeller Funktionen*), und die muß man lösen. Einerseits. Andererseits gibt es den jungdeutschen heiligen Reiter, der so weit oben zu Pferde sitzt, daß er nicht sieht, wohin dessen Hufe treten. Selbst wenn er herunterschaute: Er wäre blind vor Sentimentalität. Das Sendungsbewußtsein kümmert sich nur um den Zweck, nie um die Mittel. Herz und Hirn sind an verschiedenen Einsatzorten.

Als er im Februar 1943 vorübergehend nach Hamburg versetzt wird – *der Feldeinsatz unserer Einheit (20 440 L) ist bekannt, ich freue mich mit Interesse auf unsere Abreise* (das ist eine bürokratische Sprache, die mich an die Ansagen der Deutschen Bundesbahn erinnert: *Unser freundliches Mitropa-Team erwartet Sie gerne*) –, setzt er seine Überlegungen zur Situation im Generalgouvernement fort:

*Vor Tagen erhielt ich von W einen Brief. Die Krakauer Perspektiven haben sich, wie er schreibt unerwarteter Weise zerschlagen. Der Ton der Mitteilung ist aber so, daß ich nichts ungünstiges daraus ersehen kann. Näheres scheint er nicht mitteilen zu können. Ich vermute, daß die «neue Lage» eng mit der Situation zusammenhängt, die * schildert und zwar in Wiedergabe seines Gesprächs mit Staats. Kundt. Abwarten.*

Ernst Kundt, wie Eichholz 1903 in Böhmisch-Leipa geboren, war SA-Oberführer und 1940 – also zeitgleich zu R.L.s Kreisschulrat-Tätigkeit – Kreishauptmann in Tarnow, dann Staatssekretär im Generalgouvernement. Er war, als Distriktgouverneur, ab 1942 aktiv an der *Aussiedlung* der Juden im Distrikt Radom beteiligt. Nach dem Krieg wurde er an die Tschechoslowakei ausgeliefert und 1947 in Prag hingerichtet.

Ist die Situation, von der R.L. als *«neue Lage»* spricht, die nach der beschlossenen Zusammenlegung der Distrikte Krakau und Galizien? Kann er bzw. Wiesner bereits davon wissen?

In Franks Diensttagebuch (das er übrigens nicht selbst führt, sondern von Hofstenographen führen läßt) steht der entsprechende Eintrag unter dem Datum des 16.3.1943:

*Einleitend betont der Generalgouverneur, daß ihn die gewaltigen Anforderungen auf dem Gebiete des Personals genötigt hätten, zu außerordentlichen Maßnahmen zu schreiten. Deshalb sei auf seine Anordnung ein Vorschlag ausgearbeitet worden des Inhalts, daß der Distrikt Krakau aufgelöst und mit dem Distrikt Galizien zu einem einheitlichen Distrikt Galizien verbunden werde. (…)*

*Der Herr GG nimmt dann noch zu einigen Fragen Stellung. Er betont vor allem, daß es im politischen Interesse und bevölkerungspsychologisch von größter Wichtigkeit sei, das alte österreichische Galizien in seiner ursprünglichen Gestalt wiederherzustellen.*

Oder bezieht R.L. sich einfach nur auf irgendwelche Rankünen in einer der Abteilungen der Regierung – Wissenschaft und Unterricht, innere Abteilung –, die den Karrierewünschen und -hoffnungen der korrespondierenden Freunde im Wege stehen? *Abwarten?* Geht er davon aus, daß der Krieg noch gewonnen werden kann – dann würde die Regierung im *Nebenland* allerdings hinfällig.

Im Lazarett schreibt er weiter an seinem «Treatment»:

*Die Russische Winteroffensive mit dem Fanal Stalingrad, der Räumung der Kaukasischen Gebiete, der ungeheure russische Druck an Mann u. Material scheint eher nachzulassen. Ihre Stoßspitzen zwischen Dniepr und Donez scheinen aufgerieben zu werden. Zwar wurde erst in den letzten Tagen Rhsew und Grchudsk geräumt, viel wesentliches (ungünstiges) für uns kann dieses nicht mehr bringen.*

*Trotz allem Bemühen sehe ich die Lage als sehr ungünstig für uns an. Tunesien ist keine «frisch fröhliche Front». Zwar haben*

Amerikaner und Tommys gerade eine Schlappe eingesteckt, aber was heißt das schon, es ändert nichts daran, daß es eine Verteidigungsfront ist, und das wir vor Ende des Rußlandfeldzuges nie wieder zu einer raumgreifenden strategisch (für Afrika) entscheidenden Aktion kommen werden. Aber Rußland? Wir wollen wir es in absehbarer Zeit schlagen? Sind die strategischen Möglichkeiten nicht bereits erschöpft, die in diesem Krieg geboren, wohl das Verdienst des Führers sind? Ich meine die Methode des Blitzkrieges. Im Sommer *1942* [gemeint ist 1941, D.L.] – gegen Sowjetrußland – sind diese Methoden der Kriegsführung uns das letzte Mal geglückt. Wäre Rußland ein Raum wie Polen u. Frankreich, dann hätten wir das Ziel erreicht, trotz aller Reserven, die der Russe auch damals gehabt haben mag. Wesentlich unseres Mißerfolges war, daß er Raum und damit Rohstoffquellen en masse für weiteren Widerstand (und was für einen) zur Verfügung hatte. Im 2ten Sommer – 1942 – waren unsere Erfolge keine Resultate eines Blitzkrieges mehr, wenn die Presse sie auch als solche hinstellte. Daß sie es nicht waren zeigte in schlichter Eindringlichkeit der eben vergangene Winter. Haben wir Chancen, erleichtert durch die Maßnahmen einer totalen Kriegsführung, Bereitstellung von erheblichen Menschenreserven, in diesem Sommer eine Generaloffensive zu starten, die in ihrem operativen [Handeln] Aussichten zur Vernichtung des Russischen Kernes führt? Ich glaube nein. Der Stil unserer Strategie, die die stumpfen Materialschlachten des 1. Weltkrieges überwand, hat den Reiz der Neuheit verloren. Der Russe spielt ihre Register kaum weniger gut, und wir haben im letzten Winter gelernt, wie man sich dagegen wehrt, und wir taten es mit Erfolg. Der Dniepr ist unser, viel weiteres (?) wichtiges Gebiet auch.

*Wer ist so wirr, zu glauben, daß der Russe, stößen wir wieder
vor, es nicht trifft? Wodurch sind wir ihm noch überlegen. Men-
schenmäßig nicht, materialmäßig nicht, durch unsere Intelli-
genz? Peut être! Durch den Schwung unserer Ideale – können die
anderen nicht ebensogut hassen? Nun dieser Sommer muß man-
ches zeigen, denn es geht nicht an, daß der Druck des Kriegspoten-
tial A.[merikaner]. u. T.[ommys] uns im Westen Deutschlands
immer mehr lähmt und wir immer auf die Entscheidung im
O.[sten] warten. Kein Dauerzustand!!!*

Wäre er länger an *vorderster Front* eingesetzt gewesen
als drei Monate, wäre seine Einschätzung vielleicht anders ausgefallen. Und in einer anderen Sprache als die des
Chefstrategen. So, in weiter Ferne von der Ostfront, aber
auch in weiter Ferne von einem dem heiligen Reiter ange-
messenen anderen Einsatz, bleibt ihm nur das Räsonieren
über die Gegenwart und das beschwörende Aufladen der
Zukunft, ganz im Sinne des Parteiprogrammes der Jungdeutschen:

*Die Gespräche mit Wiesner. Sie drehten sich um unsere Zu-
kunft. Es war oft beglückend zu spüren, zu den Auserwählten zu
gehören. Diesmal haben wir auch die Last um dieses Wissen ver-
spürt. Es drehte sich um das große was «Dann» aber auch was
«Nun».*

Es sah lange so aus, als würde der Krieg ihm die ersehnte Gelegenheit bieten, Masterpoints zu sammeln auf
dem Weg zu unbestreitbarer Bedeutung und großen Aufgaben. Nichts Persönliches – sieht man von wenigen Frau-
ennamen ab und daran anknüpfende, auch wieder eher
strategische Überlegungen – erfährt man im Tagebuch,

zum Beispiel über den Verbleib der Mutter, der Schwestern, des jüngsten Bruders – nichts. Das Tagebuch ist dem Stempel gar nicht so unähnlich; auch hier ist eine Selbstbeschwörung am Werk, R. L. spaltet sich in Verfasser und Leser, und der Selbstentwurf des Verfassers R. L., die von ihm gewählte Stilisierung schmeicheln dem Leser R. L. in – hoffentlich nur – vorläufiger Stellvertretung kommender Leser. Das Tagebuch ist der Nebenschauplatz der Eitelkeit, da sein Verfasser von den Hauptschauplätzen – Front und Generalgouvernement – abgeschnitten ist. Ein Dokument der Besinnung, der kritischen Auseinandersetzung oder schlicht der Vergegenwärtigung des Geschehens in ihm und um ihn herum ist es nicht. Der Drang nach Geltung hat etwas sehr Abstraktes, weil er gänzlich von Inhalten absieht. Ob er als Deutscher, als Mathematiker, als Schriftsteller oder Bridgespieler Ruhm erlangt, ist dem Geltungssüchtigen gleich, nur der Machtgewinn muß gesichert sein. *Oh, ich sehne mich nach der Führung über Menschen.*

Die Fragen sind immer dieselben: Wie kann ein kluger, gebildeter Mann so verblendet sein, daß er Krieg und Völkermord nicht mit einem einzigen kritischen Wort kommentiert, sondern diese als eine Wegbereitung wahrnimmt, die ihm das Erreichen seiner ehrgeizigen Ziele wesentlich erleichtert. Oder waren die sporadischen Einträge ins Tagebuch, von Berechnungen und Erzählungsentwürfen immer wieder unterbrochen, einfach nur im Augenblick der Niederschrift Erzeuger der angenehmen Illusion, das eigene Leben im Griff zu haben? Ein Ventil für die eigene Ohnmacht? War er, vom Handeln entbunden, gar nicht genötigt, so etwas wie ein Ethos zu entwickeln oder zu hinterfragen?

Unter großer Verrenkung (Eintrag vom 7.4.1943), kommt der *Mgr. Leupold* bezüglich einer *Lösung der Problematik «Gesinnungsethik»* zu folgendem Schluß:

*Erfolg u. Gesinnung stehen im Verhältnis innerer Überschneidung. In Zeiten der Not verliert der Satz: «Ethisch gut ist, was dem Volke nützt» ein Satz der Erfolgsethik [,] alle scheinbare Gewaltsamkeit (...) Aber gibt es nicht ein allgemeingültiges Gutes, ein Summum bonum? fragt er! Oder liegt gerade der Fortschritt unserer ethischen Vorstellungen darin, daß wir nicht nach dem «unbedingt Guten», sondern nach dem Guten unter den Bedingungen des Volkstums suchen? Führt das zu einem neuen Katechismus völkischer Erfolgsethik? Ein Volk mit Führungsqualitäten benutzt zwar die Gewalt zum Einreißen alter Machtsysteme, darf aber die Macht nicht zum Aufbau mißbrauchen. Daher ein neuer kategorischer Imperativ der neuen Erfolgsethik:*

*Behandle Deinen Partner (?) so, daß du in ihm niemals nur Dein Werkzeug siehst, sondern den Willen achtest, der ihn von sich aus an Europa knüpft. Jawohl!!!*

Die Häufung von Ausrufungszeichen und das Fragezeichen hinter «Partner» verraten, hoffe ich, ein Unbehagen am Umgang mit Kant, mit den Fakten und deren abenteuerlicher, empörender Verdrehung.

R.L. bezieht sich in diesen Ausführungen auf Thesen des Soziologieprofessors Eduard Baumgarten (geb.1898), der seit 1940 an der *Grenzlanduniversität* Königsberg einen

Lehrstuhl innehat, *gegen den Ungeist jenseits der Grenzen*. Baumgarten, seit 1937 Parteimitglied und Blockleiter, setzt nach dem Krieg seine Hochschulkarriere bis zur Emeritierung 1963 fort. Ist der Treibstoff dieser menschenverachtenden, chauvinistischen Ethik-Bastelei der *gedemütigte Nationalismus*, den Christopher Browning, unter anderem, als Ursache für die Einzigartigkeit der deutschen Vernichtungsgeschichte annimmt? Selbst wenn es zutrifft, stockt einem angesichts der grotesken Unverhältnismäßigkeit von historischer Kränkung und die Geschichte hinter sich lassender Vergeltung der Atem.

Beim Lesen der Aufzeichnungen kehren die Bilder zurück: der Vater, auf und ab marschierend im engen Geviert der Küche, zwischen Tisch und Terrassentür, wie er erregt Verschwörungstheorien vorträgt, die Zigarette in der Hand, er vergißt, die Asche abzuschlagen, sie weht zu Boden. Vorsichtig hantieren die Zuhörer im Hintergrund mit Geschirr, erledigen kleine Küchenarbeiten, immer darauf bedacht, es *nebenher* zu tun. Gewaltige Szenarien werden entrollt, an denen viele Titelträger (persönliche Referenten, Staatssekretäre, Kultusminister, alles Christdemokraten, die in seinen Augen die Flüchtlinge aus dem Osten wie Menschen zweiter Klasse behandeln) beteiligt sind, die ihm die verdiente Anerkennung verweigern. Auch die ihm anhängende Familie ist einer Verwirklichung seiner hochfliegenden Pläne eher abträglich, aber immerhin so geduldig wie das Papier, dem er in Kriegszeiten seine Ambitionen anvertraute. Hier, im Tagebuch, finde ich den Keim oder die Symptome einer anscheinend von ihm als strukturell empfundenen Zurücksetzung und das daraus erwachsende Ressentiment. Für Höheres bestimmt, in dieser Überzeugung von seiner Mutter von Kind an sekundiert, biete der Überfall Polens die heißersehnte Gelegenheit, den Beweis dafür anzutreten. Was ihn auszeichnete, waren sein Verstand, seine Begabung, sein Witz und seine Sprache. Das wurde übersehen oder mindestens nicht hinreichend gewürdigt. Dann kamen das Generalgouvernement, die Zivilverwaltung, und jemand wie er, zweisprachig, ortskundig, mit der Mentalität vertraut, erfuhr eine ungeheure und automatisch erfolgende Aufwertung. War das die Verführung? Das Foto aus der Wehrmachtszeit zeigt einen milchgesichtigen schmalen Soldaten mit wenig entschlossenem Blick. Er schaut aus dem Foto heraus in eine Ferne, die ihn einzuschüchtern scheint. Das Großspurige fehlt gänzlich. Vermutlich sind bereits die Tagebucheinträge Beschwörung längst bröckelnder Größe und Großartigkeit. Ingenieur Wiesner, der Gewährsmann für die Substanz der gemeinsam geschmiedeten Pläne – denn genaugenommen geht es um dessen Karriere –, hat nichts von dem Erhofften erreichen können; so ist auch der Abglanz, in dem R. L. sich sonnen könnte, gering.

Im Lazarett steht die Zeit still, sie korrigiert nichts, aber sie befördert auch nichts. Die kämpfende Notgemeinschaft, die laut Satzung der Jungdeutschen das deutsche Volkstum ausmacht, ist, einmal in echte kriegerische Handlungen verwickelt und in echte Not geraten, nur noch profan. Der heilige Reiter ist angeschlagen, resig-

niert und ernüchtert, eines Besseren belehrt ist er, bis-
her mit heilen Knochen davongekommen, scheinbar
nicht.

*Kriegsversehrt*

In den fünfziger und sechziger Jahren – meiner Kindheit – waren Krücken, Armschlingen oder leer baumelnde Ärmel, hochgesteckte Hosenbeine, Glasaugen und Narben nichts Besonderes. Einen Besucher – von Handgranatenbeschuß so gut wie taub – nannten wir Kinder den Schreionkel, weil er schrie, wenn er sprach – vermutlich, um sich selbst zu hören. Im Sanitätshaus in der Adolfstraße lagen Beinprothesen in der Auslage und Haken wie der von Captain Hook, nicht massiv-hölzerne Massageroller, Saunazubehör und Gymnastikbälle. Der fitte Körper in weiter Ferne, der beschädigte ganz nah.

Von meiner Mutter, Rotkreuzschwester in dänischer Internierung, gibt es ein Foto auf einer Gesichtsverletztenstation: Ihres ist das einzige unversehrte Gesicht, unter einem adretten Schwesternhäubchen, den Männern, die um sie herumstehen, baumeln dagegen Hautlappen, frisch transplantiert oder bereits neu verwachsen, vom Kinn, von den Wangen, von den Überbleibseln der Nasen, der Ohren. Alle geben sich Mühe zu lächeln, denn es ist ja ein gestelltes Foto, für das vermutlich eigens ein Fotograf gekommen war. Bei meiner Mutter ist das Lächeln freundlich und gewinnend – aber, und das ist das Schockierende, bei den Männern auch. Obwohl es unmöglich ist zu sagen, womit sie lächeln – vielen fehlen auch Teile des Kiefers –, ist der Gesichtsausdruck eindeutig *lächelnd*. Sie leben, und die Gesunden sind die Ausnahme. Von den drei Brüdern der Mutter fallen zwei, noch nicht oder gerade zwanzig Jahre alt. Vor Weihnachten wird für die Kriegsversehrten gesammelt, meist von alten Frauen, die in kampfgetränkten Wintermänteln und Wollmützen vor den Haustüren standen und mit Fingern, steif vor Kälte, den Kugelschreiber von der Nassauischen Sparkasse zum Unterschreiben überreichten. Im Unterschied zu den Siegermächten waren in der Bundesrepublik die Versehrten eine Angelegenheit der Caritas, nicht der Heldenverehrung. Es ist diese Bedürftigkeit, die für mich als Kind die Atmosphäre der fünfziger und beginnenden sechziger Jahre geprägt hat. Sie war der Treibsatz unter dem Wirtschaftswunder. Man konnte die Toten nicht wieder lebendig machen und die Versehrten nicht gesund. Aber man konnte vieles, was fehlte, und – wunderbarer Fortschritt! – auch, was nicht fehlte, einfach anschaffen. Sieger wie Verlierer. Der Konsum und der Konsument waren politisch nicht suspekt, und es war weder heikel noch unanständig, den eigenen Wohlstand mehren zu wollen. Der Deutsche, der Westdeutsche als Konsument, mußte sich nicht um die Wunden und nicht um die Vergangenheit scheren, kaufen kennt nur ein Tempus: die Gegenwart. So redete, vielmehr schrie, der Schreionkel: Wir können uns dasselbe leisten wie die Amerikaner und haben die besseren Autos. Armstümpfe hin oder her. Konsum ist die beste Rehabilitation. Die Schwestern und ich staunten über seinen Prediger-Baß und verstanden wenig. Es hörte sich an, als wäre das ganze Land verwundet und dennoch trotzig entschlossen, wieder gesund zu werden.

Wie erstaunt war ich, als ich zum ersten Mal bewußt die Hände eines anderen erwachsenen Mannes – des Kinderarztes – sah. Es sah aus, als hätte er zu viele Finger und zu viel Kraft beim Zupacken. Groß wie Teppichklopfer.

Je länger der Krieg zurücklag (und er lag schnell lange zurück) und je größer der Glaube an den Fortschritt in der Medizin wurde, um so exotischer wurden die Invaliden, um so perfekter die künstlichen Gliedmaßen. Erst mit dem Contergan-Skandal kehrte die Versehrtheit in die Mitte der Gesellschaft zurück und zeigte, wie verletzlich sie war, auch ohne Krieg.

Nisch, Niš in Serbien, *Nachrichten – Kompanie (motorisiert) Kampfschule.* Soweit die Auskunft der Deutschen Dienststelle *lt. Meldung vom 16.02.1943.*

Niš war also der Ort, wo das Maultier dem Vater Deckung bot – bis auf die Finger. Jetzt weiß ich es. Ein serbischer Partisan, Nationalist oder Kommunist, wird die Handgranate geworfen haben, die das Tier zerfetzte und deren Splitter die Finger abrissen. Das Mythische wird faktisch und historisch. Die Verwundung des Vaters schien mir ja als Kind angeboren zu sein, nicht zugefügt. Nein, nicht angeboren, sondern Kennzeichnung, zugewachsen – so, wie die Leier zu Orpheus gehört.

Hier, auf bräunlich verfärbtem Papier in einer blassen Bleistiftnotiz festgehalten, wird sie geschichtlich, wird sie zur lakonischen Meldung eines Verlusts:

*18.X.1943*
*Seit 19. Mai 43 Nisch/ Serb.*

*8. August Verlust des Ringfingers der r. Hand*

Nun ist er an dem Einsatzort, auf den er sich, noch in Hamburg, *mit Interesse gefreut* hatte. Im Winter 1941/42 hatten deutsche Truppen den serbischen Aufstand der Nationalisten und Kommunisten niedergeschlagen, die Partisanengruppen wichen nach Bosnien aus. Für jeden getöteten deutschen Soldaten werden hundert, für jeden verwundeten Wehrmachtsangehörigen fünfzig Geiseln erschossen. Die «Sühnequoten» variieren in den folgenden Jahren leicht, halbieren sich 1942 auf fünfzig bzw. fünfundzwanzig Geiselerschießungen pro getöteten bzw. verwundeten Wehrmachtsangehörigen. Im Februar 1943 erläßt General Bader, Befehlshaber in Serbien, folgende Weisung:

*Welche Personen sind zu Sühne-Exekutionen zu verwenden?*

*Das Verfahren, nach einem Ueberfall oder Sabotageakt aus der näheren Umgebung des Tatortes wahllos Personen zur Sühne zu verhaften, erschüttert das Vertrauen in die Gerechtigkeit der Besatzungsmacht und treibt auch den loyalen Teil der Bevölkerung in die Wälder. Diese Form der Durchführung von Sühnemaßnahmen* wird daher verboten. *Ergibt jedoch die Untersuchung an Ort und Stelle die offene oder versteckte Mitwirkung (…) bestimmter Personen gegenüber den Tätern, so sind in erster Linie diese Personen als* Banditenhelfer *zu erschiessen.*

*Lassen sich derartige Mitschuldige nicht finden, so muss auf*

*Personen zurückgegriffen werden, die, ohne mit der einzelnen Tat in Verbindung zu stehen, trotzdem als* mitverantwortlich anzusehen sind. *Mitverantwortlich sind in erster Linie solche Personen, die sich entweder zu* Draza Mihajlovic *oder zum* Kommunismus *bekennen.*

5.) *Diese Sühnegefangenen werden kreisweise in* Sühnelagern *gesammelt. Ueber Einrichtung der Sühnelager ergeht gleichzeitig Befehl Ein ausreichender Bestand ist laufend in den Lagern zu halten.*

Der «Bandit», der den Gefreiten R. L. verwundete, wird dafür mit dem Leben bezahlt haben – genauso wie andere *Mitverantwortliche,* auch wenn 1943 die Sühnequoten ganz abgeschafft wurden und jeder Fall einzeln beurteilt werden sollte. Man hatte festgestellt, daß sich lebende Serben aus den *ausreichenden* Beständen in den Sühnelagern auch gut zur Zwangsarbeit eigneten, sofern sie jung und kräftig waren, die Verschickung ins Reich kam fortan als Sühnemaßnahme hinzu. Und im übrigen, wie Bader anmerkt, will man ja nicht diejenigen verstören, die zur Kollaboration mit den Besatzern bereit sind, und drittens gab es Engpässe: *Durch die erhöhte Inanspruchnahme der letzten Zeit ist das Lager Belgrad erschöpft.* Grundkenntnisse in Mathematik reichen aus, um einzusehen, daß der Quotenschlüssel angesichts dieser Sachlage verändert werden muß.

Auch in Niš gibt es ein solches Sühnelager.

Bei den Urlauben in Österreich hat sich der Vater immer gefreut, in Wirtshäusern auf einen Kellner zu treffen, der Serbokroatisch sprach. Der mußte sich dann Vergleiche zwischen serbokroatischer und polnischer Lautentwicklung anhören; die meisten taten das gerne und machten eine halb geschmeichelte, halb geduldige Miene dazu. Hat er, über Stacheldraht hinweg, mit Sühnegefangenen auch derlei kleine Sprachbetrachtungen angestellt, seine Kenntnisse im Serbokroatischen vertieft? War das, wenn es so war, die nette Geste eines aufgeschlossenen, gebildeten Weltbürgers oder eine zynische Handlung des Gefreiten R. L., der damit rechnen mußte, daß sein Gesprächspartner entweder ins Reich *abgeführt* oder sogar im Rahmen einer Sühneaktion erschossen werden würde? Genausogut kann es sein, daß er es völlig gedankenlos getan hat, froh über jede Unterbrechung des gefährlichen, grausamen und stumpfsinnigen Einsatzes im Kampf gegen *Bandentätigkeit*, wie die offizielle Rhetorik den Partisanenwiderstand nannte. Oder er verspürte den dringenden Wunsch danach, so etwas wie Normalität zu erzeugen, also sich selbst nicht als kriegführenden Soldat und sein Gegenüber nicht als Feind zu sehen – fremdgesteuert –, sondern als zwei freie Menschen, die sich austauschen können. Eine innere Desertion, die ihn nicht gefährdete, eine bescheidene Autonomie im Handeln. Weiterhin kann es auch sein, daß er nie ein Gespräch gesucht hat und fünfundzwanzig Jahre nach dem Krieg ein unschuldiges Vergnügen empfand an diesen freundlichen Kellner-Verhören über die Eigenarten der slawischen Sprachen. Alles kann sein.

Zwischen Mai und Oktober 1943 gibt es keine Tagebucheinträge; ohne Datum sind der Entwurf einer Erzählung: *Das Gestern*, und – wendet man das Heft – eine Novelle: *Heidi*, sowie beinahe alle Seiten mit Ausführungen mathematischer und physikalischer Probleme. Daneben gibt es, gleichfalls undatiert, codierte Seiten und topographische Skizzen.

Im Kriegstagebuch des Oberkommandos der Wehrmacht steht unter dem Datum des 22. Mai 1943 (für R. L. der vierte Tag in Niš) für den Bereich Südosten/Serbien:

*Südw. Uzice (100 km nordwestl. Novi Pazar) Konzentration von D.[raza] M.[ihajlovic]=Banden bestätigt. Im Raum Valjevo-Kamenica-Mionica (68 km südwestl. Belgrad) D.M.=Bewegung bei anhaltender Kommun. Tätigkeit fortschreitend. Männliche Bevölkerung hat Ortschaften aus Furcht vor D.M.=Mobilisierung und dtsch. Sanktionsmaßnahmen verlassen.*

*Bei Krupanj (100 km südwestl. Belgrad), Lazarevac und Maledenovac (Raum 50 km südl. Belgrad) mehrere Verdächtige festgenommen. Geringe Waffenbeute.*

*Im Raum Boljevac (53 km nördl. Nis) kommun. Überfall auf Gemeinde. Archiv wurde verbrannt.*

*5 km nördl. Zagubica (120 km südostw. Belgrad) – im Gebirge Verdacht des Abwurfs von Waffen und Munition.*

*2 Feindeinflüge über Südostserbien. Bei Einflug am 21.5. Flugblattabwurf mit Schmähungen des Führers und Duce.*

Hat er ein solches Flugblatt aufgehoben und die Rückseite mit Gleichungen bedeckt?

Ein paar italienische Brocken, *pezzo di merda* vielleicht oder *traditori*, aufgeschnappt?

Ich war schon ausgezogen, da hat der Vater einmal eine Kreuzfahrt entlang der kroatischen Küste gemacht; auf der Höhe von Dubrovnik, landeinwärts Richtung Osten, liegen Niš und ein Bruchstück seines Körpers, und ich schließe nicht aus, daß ich das wichtiger nehme, als er es selbst nahm. Nach der Reise gab es viele Fotos zu betrachten, und zwei der Mitreisenden veranstalteten einen Diaabend mit Häppchen. Die Schönheit der kroatischen Küste, die fidele Mannschaft an Bord – alles Bridgespieler –, die fröhlichen Landgänge, Sonne satt. Kurz: ein Urlaub, wie er im Buche steht, über die Kampfplätze längst Gras gewachsen. Die Sühne erfolgt nun in Form von Devisen, und die Frage, ob er an den *Maßnahmen* beteiligt war, bleibt nicht nur für immer unbeantwortet, sondern wird auch im Lichte einer solchen Freizeit anstößig pathetisch. Nach der Verwundung war er sicher kein guter Scharfschütze mehr. Und vorher? *Kampfschule.* Es gibt nichts im Tagebuch, das über das rein protokollarische Festhalten von Zeit und Ort hinausgeht. Die Beschädigungen, die eigenen, die zugefügten und die miterlebten, lösen ein Schweigen aus, das den vorangegangenen, nationalistisch geblähten Machtphantasien die heiße Luft raubt, die sie zum Ent- und Bestehen brauchen.

Zwei Tage nach den Hitler- und Mussolini-Flugblättern gab es einen Abwurf mit Fotos der zerbombten Städte Essen und Palermo, am selben Tag werden 25 km von Niš entfernt *mehrere Kommunisten* erschossen, am 26. Mai *als Vergeltung für Omnibus=Überfall am 20.5. 250 D.M.=Leute.*

Zweihundertfünfzig: weil der Überfall am 20.5. war? Oder weil es fünfundzwanzig Menschen im Omnibus gab, für jeden zehn? Oder zweihundert für zwei tote Deutsche oder Verbündete und fünfzig für einen Verwundeten? Die Perversion der Quoten durchdringt alles, und die Mathematik wird angesichts dieser ebenso praktischen wie schlichten Umsetzung eigentlich ein zweifelhafter Zufluchtsort. Aber als Abstraktion, also als «Abzug» aus der Wirklichkeit, funktioniert sie doch:

*Seit dem 7. Oktober leite ich die Arbeitsgemeinschaft Mathematik. Kürzlich rief St. B. eine Arbeitsgemeinschaft ins Leben, die aus Akad. bestehend Seminarcharakter hat. Trage meinen Finger noch immer verbunden, hoffe, daß ich bald ausheile und in Urlaub fahren kann.*

*Bei meinem Besuch in Belgrad lernte ich Prof. Mihankovic kennen, einen der bekanntesten Astro-mathem. Durch seine Vermittlung erhielt ich «Gonsart» und «Hilbert» (Cours d'analyse). In letzter Zeit fand ich manche Anregung in Cholerus' »Von Pythagoras bis Hilbert».*

Ich stelle mir den Gefreiten vor, dreißigjährig, verkrüppelt, die schönen Aussichten einer deutschen Vorherrschaft und geistigen Elite zerschossen. Entgeistert. Der Lebensretter ein Maultier. Unter normalen, friedlichen Umständen wäre er längst Studienrat oder mehr. Sitzt in der Baracke und liest *Von Pythagoras bis Hilbert*. Leitet die Arbeitsgemeinschaft Mathematik. Sitzen dort noch andere leichtverwundete Akademiker und schreiben mit, so gut sie können? Dankbar, vergessen zu dürfen, wer sie sind – außer Akademiker. R. L. wird nicht irre an der Welt, die ihn umgibt und nichts von dem wertschätzt, wovon er ehrfürchtig und immer noch eifrig liest. Fast zwanzig Jahre später, im September 1961, schreibt er im Vorwort zu seiner Doktorarbeit über *Die Grundlagenforschung bei Hermann Weyl*:

*Der Philosoph hat festzustellen, der Mathematiker aber hat zu wählen. Beide Verhaltensweisen erzeugen eine unbehebbare quälende Spannung, wenn Kopf und Herz ein und desselben Menschen ihnen gleichermaßen verfallen sind.*

Es ist ungewöhnlich, die Mathematik als Herzensangelegenheit geschildert zu finden, den Mathematiker als Ethiker, den Philosophen als Empirist. War der Mathematiker in ihm das schlechte Gewissen? Gegen die unmenschlichen Feststellungen des Philosophen? Wird man zum Philosophen geboren, von der Mathematik erkoren – mit anderen Worten: Ist dem Mathematiker das Deutsche und das Polnische, das Jüdische und das Christliche gleich? Zu phantastisch diese Schlußfolgerungen, mag sein. Aber die Rede von *Verfallenheit* im Rahmen einer akademischen Arbeit macht stutzen.

In Niš, angesichts der deutschen Sühnemaßnahmen, die sich vor seinen Augen abspielen, sind dem Mathematiker R.L. das Heilige des Krieges und die eigene Sendung vielleicht in dem Maße fragwürdig geworden, daß ihm eine Äußerung zu ihrer Verteidigung nicht mehr möglich ist. Dagegen allerdings auch nicht. Mit dem Wille zur Macht infiziert, ließen sich selektive Vertreibung und Vernichtung im Sinne des Rassenwahns noch ideologisieren, *feststellen*, als verwundeter Soldat, als Kriegsversehrter ist eine solche Verrenkung unendlich viel schwerer. R.L. entzieht sich ihr und versucht, das Trauma des Verlusts der körperlichen Unversehrtheit schöpferisch, also metaphysisch zu überwinden. Er dreht das Tagebuch um und füllt Seite um Seite mit Überlegungen zur Lösung mathematischer Probleme und mit Geschichten, die seine eigene ins Märchen- und Schicksalshafte übersetzen. Kein Wort zum unmittelbaren, alltäglichen Geschehen um ihn herum. Wie haust er, was ißt er, mit wem hat er Umgang, verrichtet er, seit der Verwundung, Schreibtischarbeiten, oder ist er gänzlich freigestellt, der Langeweile und den Zweifeln ausgeliefert? Hat er Freunde, mit denen er Schach spielt? (Später, in Rheinland-Pfalz, mußten die Töchter gegen ihn antreten, verloren ruinös; er war Kreis- oder Bezirksmeister. Bis heute habe ich eine große Abneigung und einen großen Respekt für das Spiel, dessen Regeln mir vollkommen entfallen sind. Ich weiß nur noch, daß die Bauern, die schönsten unter den geschnitzten Figuren, die wir hatten – sie lagen in der Hand wie in einer Krippe –, am wenigsten zählten.)

Es gibt auch keine Mutmaßungen mehr zu den Gründen strategischer Entscheidungen, keine Schlachtpläne mehr. Es hat den eigenen Körper getroffen, mit gewaltiger Willkür. Das war nicht vorgesehen in den Selbstentwürfen des Jungdeutschen, des begabten Studenten, des erfolgreichen Bildungsadministrators. Von der Mathematik sagt man eigentlich, sie sei rein, möglicherweise hofft er damals noch, daß diese Reinheit ansteckt – und was die Fiktionen des eigenen Ichs betrifft, so sind diese in der Literatur nicht nur genuin zu Hause, sondern auch gut beleumundet. In der Literatur gibt es ewige Kinder und den Trost des Allegorischen – auch in der Enttäuschung.

*Ich ging noch lange nicht zur Schule, als Blitz und Sturm in einem nahen Wäldchen eine mächtige Buche splitternd fällte[n], daß sie zur Erde brach und nur ihre zähen Wurzeln im Sturz (?) das Erdreich aufwühlten und bizarr in die Luft ragten. Nur an einer noch hielt sich der Baum. Da tat sich mir das Geheimnis auf zwischen Erde und Baum, ich spielte nirgendwo so gern wie im Natürlichen (…?), riß Blumen und Kräuter aus, um ihre Wurzeln zu besehen und war glücklich, als mein Baum im Frühjahr ein paar grüne Reiser trieb, aus dem einen Wurzelarm gespeist, der ihm geblieben. Im nächsten Herbst holten ihn die Holzfäller und meinen Spielplatz dazu. Ach, wie arg mir das war.*

So beginnt die Erzählung *Heidi*, mit verschwimmend blassem Bleistift niedergeschrieben, in winziger Schrift und engen Zeilen, die Ränder voller Korrekturen. Mir scheint, die Buche ist eine deutsche Eiche. Was ist der Sturm, und wer sind die Holzfäller? Gegen die auch der zäheste Baum nichts ausrichten kann? Das Schicksal hat eben die falschen Verbündeten. Oder muß man es lesen als eine Allegorie auf das Erwachsenwerden, die Desillusionierung als Initiation: Irgendwann kommen immer Holzfäller, entfernen die austreibenden Illusionen der Kindheit und markieren so ihr Ende. Oder dem Erzähler gefiel das Tableaux einer bedrohten Idylle, in der auch die Bedrohung archetypisch ist. Der Genuß läge dann in der Handhabung eines Repertoires, im Erstellen einer Konfektion, die ihn mit anderen Erzählern und Prophetien, vielleicht sogar anderer Jahrhunderte, verbündet, jenseits von real verlaufenden Frontlinien. Die Rettung liegt in einem Ton, der, wie bei Nietzsche, alles ins Mythische verlegt. Die Rettung vor der katastrophalen Geschichte, die auch seine ist, liegt im Ungeschichtlichen, Vorzeitlichen, Ewigen.

*Wie arg mir das war.* Welcher Spielplatz ist dem Dreißigjährigen abhanden gekommen? Ich wünschte mir, es gäbe einen literarischen Text im Tagebuch, der mehr ist als die Ausflucht eines Wirklichkeitsdeserteurs. Das ist vermutlich ein frommer Wunsch, ein vergeblicher Wunsch. Nicht jedes Leben ist eine griechische Tragödie, und nicht jedes Trauma leitet die Peripetie ein. Ich kann mich an kein einziges Gespräch erinnern, in dem es um eine kritische Beurteilung des Zweiten Weltkrieges ging – vielleicht verstand sich mein Vater, davon handelnd, als der Philosoph, der lediglich *feststellt*. Und zu den heiklen Wahlen, die ein Mathematiker treffen muß, zählt anscheinend nicht die, über Geschichte und die eigene Verstrickung zu urteilen, nur: Um welche geht es dann? Die Fähigkeit zur Einfühlung in das Leben, den Menschen Hermann Weyl bis hin zur Unterstellung einer *quälenden Spannung,* wo war sie zwanzig Jahre zuvor? Was ist die Qual der Wahl in der Mathematik im Vergleich zu der Qual der Wahl: erschießen oder nicht, vertreiben oder nicht, hassen oder nicht. R.L. hat, im Vergleich zu anderen, wenig verloren: ein paar Finger. Aber genug, um den Übermenschen zu verabschieden und den letzten Menschen, den zukünftigen Nachkriegsmenschen, nicht freudig, aber ernüchtert zu erwarten: den Spießbürger. Nicht einen Wendepunkt brachte die Verletzung hervor, nur eine aus Enttäuschung und Resignation gespeiste und gesteigerte Bereitschaft zur Anpassung. Das Faktische ist normativ, nicht das Mögliche. Und dennoch suche ich nach Hinweisen einer Umkehr, einer verweigerten Bejahung. Als R. L. zum Ausheilen, vermutlich irgendwann zwischen dem Oktober 1943 und dem Mai 1944, in den Heimaturlaub entlassen wird, hat er da nicht – bei der Begegnung mit einer *Heidi* oder *Otti* oder *Gertie* – die Umstände verflucht, die ihm die Hände verstümmelt hatten, so daß jede Berührung einer Frau schmerzte und nicht aussah wie eine Liebkosung, sondern wie der Zugriff einer Zange? (Ich ziehe, wenn ich mir das vorstelle, den Kopf ein, weil ich den Druck seiner Finger im Genick spüre.) Es gibt keine Äußerung zu dieser neuen Körpererfahrung im Tagebuch; erst Jahre später, im Nachkriegstagebuch, schreibt er von einem Traum, in dem es ihm vorkam, als habe er seine Finger wieder.

Das ist am schwierigsten zu verstehen: daß für ihn im Schreiben nicht die Möglichkeit der Distanzierung, des Ausdrucks einer Verstörung und des Ringens um Verstehen lag, sondern daß es zunächst der Selbststilisierung, der koketten Reflexion im Spiegel der Schrift diente, und dann, als mit der eigenen Verwundung, der Länge des Krieges, der sich abzeichnenden Niederlage und der zunehmenden Verheerung deutscher Städte mit unzähligen zivilen Opfern eine derartige Umwertung nicht mehr durchführbar war, zum Ort des Schweigens wurde und der Ausflucht.

Im Tagebuch ist bei dem Eintrag vom 18.10.1943 nur von einem Ringfinger der rechten Hand die Rede, ihm fehlten aber auch an der linken Hand Finger. Auf Nachfrage erfahre ich von meiner Tante, zwei Jahre jünger als ihr Bruder, daß er bei einem Transport auf einem Armeelaster durch Italien, auf der Ladefläche sitzend, Beine baumelnd, die Hände auf den Oberschenkeln, getroffen wurde, auch in den Beinen. (Die Narben, die in Österreich nie braun wurden wie die restliche Haut.) Die Unterlagen im Versorgungsamt Mainz, zuständig für die Auszahlung der Kriegsversehrtenrente, sind 1996 vernichtet worden; es ist nicht mehr zu ermitteln, wann und wo genau diese Verwundung stattgefunden hat. Er selbst erwähnt sie nicht im Tagebuch. Es gibt nach dem Oktobereintrag nur noch einen, vom 28. Mai 1944, mit einer Auflistung der Einsatzorte:

*Goma Banja – Sofia.*

*Funkzentrale Presia.*

*Februar Doubnitza*

*März – Ungarn Kommando mit Raddatz*

*Agram* [Zagreb], *Nagy Kanizsa, Keszthely*

Also Bulgarien, Slowakei, Kroatien und Ungarn. (In Ungarn beginnt im März 1944 die Besetzung durch deutsche Verbände). War er an der *Funkaufklärung* in der Silvesternacht 1943 beteiligt, die festgestellt hatte, daß *die 29. Kommunistische Division im Raum um Stolac alle deutschen Gefangenen (...) erschossen hat.* Worauf der *OB Südost (...) um Genehmigung gebeten* [hat], *daß er zur Sühne alle beim Unternehmen gegen Korcula gemachten Gefangenen (ca. 220 Mann) öffentlich erhängen bzw. erschießen darf. Ihm wird mitgeteilt, daß der Führer mit diesen Gegenmaßnahmen einverstanden ist.*

Er auch? Müßige Frage. Die eigene Haut ist vermutlich die einzige Nähe.

Ein Transport durch Italien kommt eigentlich nur auf dem Weg nach Hamburg – wo er nach dem Krieg zunächst in englischer Gefangenschaft ist, später als Lehrer arbeitet – in Frage, ist aber als Route höchst unwahrscheinlich, eine Verwundung dabei nur, sofern diese Fahrt noch während des Krieges stattgefunden hat. Möglicherweise trügt auch die Erinnerung, und der Transport fand in Serbien statt. Oder durch Albanien, das von Italien besetzt worden war. Da bei dem Beschuß auch Finger der linken Hand getroffen wurden, also jetzt an beiden Händen Finger fehlten, fiel ihm wahrscheinlich das Schreiben zunehmend schwer. Aber vor allen Dingen ist das Verstummen ein Hinweis auf den Kollaps des Übermenschen (*oh ich sehne mich nach der Führung über Menschen),* der in höherem Auftrag zur Feder gegriffen hatte.

Die Auskünfte der Deutschen Dienststelle enden mit der Stationierung in Niš. Die verschlüsselten Seiten im Tagebuch, die wahrscheinlich Mitschriften aus der Funkzentrale sind, tragen kein Datum. *Wechselvolle Kämpfe b 5 februar abgeschossen, das geschieht dir recht, kohlenklau* – der Rest ist codiert. Es ist ein Heft voller Aborte, nichts ist zu Ende geführt. Es ist, als würde der Verfasser mit jeder erneuten Drehung des Buchs – ins Literarische, ins Militärische, ins Wissenschaftliche – hoffen, einen Zugang zu finden zu einem endgültigen Verstehen. In der Mitte der Kladde sind Reste herausgerissener Seiten – das Invalide, das Ungültige überall.

In dem Entwurf einer Erzählung – *Gestern* –, die auf den Eintrag vom 28. Mai folgt, aber undatiert ist, fährt ein junger Mann zurück nach Lemberg, in die *geliebte Stadt:*

*Ich erkannte, daß ich nun einem anderen Gesetz gehorchte, daß ich als Gast nur schauen durfte, wo ich früher als Stürmender den Pulsschlag fühlte.*

*Wenn das Schwert nicht mehr spricht will ich zurück. Es wird anders sein als es war, auch in Bezug auf meine Person, die Jahre drängen sich geheuer und vehement dazwischen. Aber es könnte Berufung sein zum Lebenswerk.*

Könnte ich weiterschreiben, umschreiben! Ich würde den jungen Mann auf eine alte Frau treffen lassen, die, dem Krieg zum Trotz, Aufsicht führt in der Universitätsbibliothek und eine Art Ausleihe aufrechterhält. Sie geraten ins Gespräch, der Magister phil. ist zutraulich und erzählt ihr, daß er in diesen Hallen ein und aus ging als vielversprechender Student der Mathematik. Nur daß er damals *Stürmender* war, nicht *Gast.* Nun bliebe ihm nur zu *schauen*, aber *wenn das Schwert nicht mehr spricht*, dann würde er –

Er stockt, weil er den Blick, den sie ihm zuwirft, nicht recht deuten kann. Sie rückt ihren Kragen zurecht, eine männliche Bewegung, als überprüfe sie den Sitz des Krawattenknotens.

- *Stürmender?* sagt sie.

- *Schwert?*

- Hier gibt es keine Attrappen.

Oder der heimkehrende Besucher träfe eine junge Frau, Ukrainerin, kauft bei ihr eine Schachtel Zigaretten, die sie aus dem Ausschnitt zieht, das ehrwürdige Universitätsgebäude im Rücken. Die Packung ist warm, Körpertemperatur, ganz zart legt die Frau sie ihm in die verstümmelte Hand. Dem jungen Mann bleiben die Worte bis auf *spassiba* im Halse stecken.

Oder oder oder. Irgendeine Geschichte, die eine tatsächliche, eine sinnliche Präsenz und Anteilnahme verrät. Statt dessen Konfektionsware: noch immer von derselben Stange. Muß man das verstehen?

Als R.L. seine Geschichte des *Gestern* entwarf, war Lemberg vermutlich schon besetzt (Juli 1944), das Generalgouvernement in Auflösung begriffen, die östlichen Distrikte von der Roten Armee erobert. Wenn er mit *Lebenswerk* die Aussöhnung des Deutschen und des Polen in sich selbst, zum Segen beider, gemeint hat, dann wäre es dafür bereits zu spät gewesen. Im Krieg macht er – macht jeder? – einen Bogen um die Gegenwart: Entweder die Zukunft wird entworfen, in Machtphantasien zukünftiger Größe und Herrschaft, oder es wird nostalgisch auf eine Vergangenheit zurückgegriffen, die im sentimentalen Licht des Verlorenen luftabgeschlossen erstarrt. Mit der Gegenwart nicht einverstanden zu sein bedeutet so eben leider nicht, sie verändern zu wollen. In der Vereinzelung und Gefährdung, die der Krieg jedem Soldaten zumutet, und in der Abtretung der Hoheit über den eigenen Körper an eine Streitmacht liegen andererseits eine derartige Entstellung, daß die Forderung nach Vernunft, Toleranz, Mitgefühl, Empörung und Widerstand aus einer anderen Welt zu stammen scheint. Und doch denke ich: Er hat im Krieg die Berechtigung einer kollektiven Lizenz zum Töten anerkannt und sich selbst damit der Möglichkeit eines individuell verantworteten und begründeten Handelns beraubt. Daß er diesen Verlust nirgends in seinem Tagebuch abgewägt hat, fällt mir schwer zu begreifen. Ich denke so, ich kann so denken, weil mir die Kriegserfahrung fehlt – also die Erfahrung, keine Wahl zu haben –, ich denke so, voller Groll auf mich selbst, weil ich es versäumt habe, ihn danach zu fragen. Das Schweigen hat uns beiden genutzt. Er blieb für mich der aufgeklärte, unkonventionelle Liberale, der sich allem Etablierten gegenüber – zum Beispiel der christdemokratischen Regierung – kritisch, sogar spöttisch verhält. Und er war der Notwendigkeit entbunden, den ideologischen Spagat zu erklären, den Nazis zwar in ihrer Verblendung gefolgt zu sein, sich aber nach dem Krieg – mit der neuen Erfahrung, als Flüchtling ein Deutscher zweiter Klasse zu sein – politisch vom Nationalismus und Konservatismus zu lösen, ohne sich je von den verübten Greueln zu distanzieren.

Nach der dürren Aufzählung der Stationen, die auf Niš folgen, gibt es nur noch einen Satz im Tagebuch:

*Das Leben läuft arm an Werten mit grausamer Schnelle vorbei.*

Der Satz ist um so ergreifender, als er sprachlich völlig mißglückt ist. Hier spricht kein heiliger Reiter mehr, sondern ein gestürzter und verletzter, der die Zügel abgegeben hat.

Und sich nicht vorstellen kann, Fußgänger zu sein, auf

frei gewählten Wegen. Es hätte ein Glücksfall sein können, der Sturz, aber für ihn blieb er der Verlust bereits gewonnen geglaubter Höhen.

Ich erinnere mich sehr genau an die Hände meines Vaters und kann doch nicht mit Bestimmtheit sagen, welche Finger fehlten. Die Nägel der verbleibenden Finger waren jedenfalls spitz zugefeilt; wenn er Patiencen legte oder irgend etwas Mathematisches erklärte, pochte er mit dem Nagel auf die Karten oder die Rechnungen. Das wirkte viel unerbittlicher als bei den weichen Fingerkuppen der unversehrten Hände anderer Väter oder Lehrer. Die Haut von Daumen und Zeigefinger (oder Mittelfinger) der Rechten war gelb verfärbt vom Nikotin. Die Krawatte knotete er, bevor er sie sich um den Hals schlang, bei den Manschettenknöpfen ließ er sich von der Mutter helfen. Die körperliche Beschädigung, glaube ich, wog nie so schwer wie die mentale, die *Kränkung. Mir fehlen die Finger*, war jedenfalls die saloppe Standardantwort auf alle Zumutungen praktischer Natur; die handwerklich hochgerüsteten Väter meiner Freundinnen waren für mich außerordentlich exotische Erscheinungen. In Mainz, im eigenen Garten, startete er, bereits pensioniert, eine Aktion gegen Wolfsmilch in den Beeten; es blieb die einzige – und entsprechend ungewöhnliche – Übernahme praktischer Verantwortung für einen winzigen Teil der Bewirtschaftung des Haushalts. Ebenso blieb Wolfsmilch das einzige Unkraut, das er erkannte, selbst rupfte und innig haßte. Abends und morgens ging er auf Patrouille und war glücklich, wenn er etwas erbeutete.

Auf den meisten Fotos sind die Hände verdeckt. Es gibt nur eines, der Vater auf dem Sessel, die Zwillinge, etwa zehn Monate alt, im Arm, die ältere Schwester, zweieinhalb, skeptisch daneben stehend. Er hat einen beinah verzweifelten Gesichtsausdruck, die Zwillinge, mopsig beide, scheinen unter seinen Armen wegzurutschen, von den verstümmelten Händen nur notdürftig aufgehalten. Das zweite zeigt ihn mit mir auf dem Tanzstunden-Abschlußball, Anfang der siebziger Jahre. Er führt, meine Rechte liegt in seiner Linken, an der so viele Finger fehlen, daß es aussieht, als würde ich seine geballte Faust umschließen. Er trägt lange Koteletten und ein zufriedenes Lächeln. Auch bei den alljährlichen Bällen der *Franken* in Salzburg war er bester Laune, tanzte ausdauernd, führte trotz seiner verstümmelten Hände hervorragend und ließ sich von seinen Partnerinnen charmant nennen, K.u.k.-Glanz in den Augen.

Die Versehrtheit begann erst wieder nördlich der Donau.

Zu einem Weihnachtsfest schenkten die Töchter ihm Fausthandschuhe; die Mutter hatte den Wunsch wahrscheinlich an sie weitervermittelt. Es waren robuste Fäustlinge aus Wolle, die merkwürdig aussahen zu den eleganten Anzügen und Mänteln, die er trug. Von den Erinnerungen ist das die anrührendste: der Vater in feinem Tuch, mit breitrandigem Hut und kosmopolitischer Miene, die Hände in gestrickten Fausthandschuhen. Als wären sie Kinder geblieben.

Er tippte seine Manuskripte nie selbst, aber das hätte er vermutlich auch ohne Verletzung nicht getan.

Eine der ersten Entscheidungen, die ich nach meinem Auszug traf, war die, tippen zu lernen. Ich brachte es mir selbst bei, mit Hilfe einer kleinen Broschüre.

Das Zehn-Finger-System. Blind.

*Sich abfinden und gelegentlich aufs Wasser sehen*

Das Wasser ist nun der Rhein. Inbegriff des Deutschtums. Genauer gesagt: der Rhein bei St. Goarshausen. Das Kriegsende liegt vier Jahre zurück. Studienassessor Leupold ist 36 Jahre alt und seit Januar 1948 Lehrer (ohne feste Anstellung) der Mathematik und Physik am «Institut Hofmann» im Ort. Die vorangegangenen vier Jahre hat er in Hamburg verbracht, am 15.11.1945 wird er aus britischer Kriegsgefangenschaft entlassen. Die Entlassung findet in der Kunsthalle statt, einem immerhin noch intakten Gebäude. Seit dem 18.1.1945, dem Tag, an dem Bielitz von der Roten Armee eingenommen wird, gilt er als Flüchtling. Er bleibt zwei weitere Jahre in Hamburg, unterrichtet als Dozent an der «Bauschule der Hansestadt Hamburg».

In St. Goarshausen wohnt er zur Untermiete, links, rechts, vor und hinter dem Anwesen rankt der Wein. Der Schiefer speichert im Sommer die Wärme bis in die Nacht, danach strahlen die Weinberge sie ab wie große Heizöfen. Ein laues, südliches Klima, ganz anders als in Oberschlesien. Die Orte reihen sich wie aufgefädelt aneinander, auf beiden Seiten des Rheins. Der Fluß einerseits und die Weinberge andererseits verhindern, daß sie sich ausdehnen oder -weiten. So sind sie schon von der Topographie her putzig.

Einfache Leute, die Hausbesitzer, der Mann bereits pensioniert. Nach dem Krieg wollte er wieder etwas wachsen sehen und hat sich in den verwilderten Garten gestürzt. Darüber hat er seine Frau fast vergessen. Im weichen rheinhessischen Dialekt, mehr gesungen als gesprochen, grüßen sie den eleganten Untermieter mit einer gewissen Ehrfurcht. Vor allem die Hüte beeindrucken sie sehr; der Herr Lehrer sieht aus, als wäre er weit gereist und in allen Metropolen der Welt zu Hause. Daß ihm so viele Finger fehlen, bemerken sie lange nicht, denn er schiebt die Hände meist nach Junggesellenart oder wie ein englischer Dandy in die Taschen der Hosen und Mäntel, auch diese – das sehen sie gleich – aus feinem Tuch. Ob er zu Hause ist oder nicht, wissen sie bereits an der Haustür: Man riecht den Rauch, und nachts hört die Vermieterin manchmal einen trockenen Husten. Sie unterdrückt eine Regung, mit Tee nachmittags bei ihm aufzuwarten, sie hat das Gefühl, er würde eine derartige Fürsorge nicht schätzen. Er sieht gut aus, und sie hat noch ein Gefühl: daß die wenigen Mädchen, die das Institut besuchen, ihn anschwärmen. Wenn er lächelt, bilden sich Grübchen links und rechts, über diese hat sie einmal zu ihrem Mann geäußert, sie seien charmant. Er hat wortlos weiter Dahlienknollen aus der Erde gegraben und gesagt: «Der Winter kommt bestimmt.» Eigentlich könnte ihr Mieter durchaus Wiener sein mit diesem verschmitzten Lachen, dem sicheren Blick, dem – Geschmeidigen, das er hat. Geschmeidig. Das trifft es. Helene wählt morgens mit Bedacht, was sie anzieht. Wenn sie weiß, daß ihr Untermieter nicht zu Hause ist, also zur Unterrichtszeit, geht sie manchmal in sein Zimmer. Daß er nicht aufräumt, stört sie nicht, sie schaut sich einfach nur andächtig um, auf dem Tisch liegen lose Blätter und ein (meist) aufgeschlagenes Heft, in dem sie unter großer Selbstbeherrschung nicht liest. Auf den Blättern erkennt sie Rechnungen, geometrische Zeichnungen und andere Zeichnungen von Behältern, Strecken und Steigungen. Ihr Sohn ist Winzer und hat dafür viel Ahnung von Chemie. Den Teller mit Obst, den sie ihrem Mieter auf den Treppenabsatz stellt, nimmt er mit, bedankt sich sogar. In Hamburg muß er schwere Jahre gehabt haben. Sicher keine Äpfel wie die aus ihrem Garten. Trotzdem würde sie gern einmal nach Hamburg reisen, den Michel anschauen und den Hafen. Aber erst wenn es wieder aufgebaut ist, Trümmer hat sie genug gesehen.

Abends geht ihr Mieter in den *Adler*, sonst gibt es ja nichts. Oder er sitzt zu Hause, raucht, liest, studiert. Das einzige, was sie wirklich stört, ist seine Angewohnheit, auf und ab zu gehen, stundenlang. Auf und ab. Wie manche Tiere im Zoo.

Normalerweise wäre ein Mann in seinem Alter natürlich längst verheiratet, aber der Krieg hat das verhindert. Da er – so ist es vereinbart – keinen Damenbesuch erhält, kann sie ihre Neugier in bezug auf seine genaueren Verhältnisse nicht stillen. Einmal hat sie doch einen Blick in das Heft geworfen, ohne es zu berühren, ohne umzublättern, und hat eine Abkürzung, einen Großbuchstaben mit Punkt dahinter, gesehen in einem Satz, der mit zwei Ausrufungszeichen endete. Eine nach rechts geneigte, gedehnte Schrift, kaum zu entziffern. Vor Schreck über das Ungehörige ihres Tuns hat sie den Anfangsbuchstaben sofort wieder vergessen. Sie ist aber ganz sicher, daß es der abgekürzte Name einer Frau ist. Außerdem schien ihr auf der Seite, wo der Buchstabe stand, nicht alles auf deutsch geschrieben zu sein – es gab merkwürdige Akzente und kleine Häkchen. Also wahrscheinlich Polnisch, denn das konnte er, soviel wußte sie. Schrieb er vielleicht auf polnisch, damit sie es nicht verstehen konnte? Ihr wurde mulmig vor Schuldbewußtsein, und sie näherte sich dem Heft bei ihren nun selteneren Besuchen nie mehr so, daß sie etwas hätte entziffern können. Sie staunt über die vielen Bücher, die er sich kauft oder schicken läßt, aber wagt nicht, ihren Mann aufzufordern, dem Mieter ein Regal zu besorgen. So stapeln sich die Bücher um den Tisch herum und neben dem Bett, als wäre es ein Studentenzimmer. *Walter Kolbenhoff, Heimkehr in die Fremde, Thornton Wilder, Die Iden des März* lagen zuoberst, sie waren zuletzt angekommen. Bücher, fand sie, durfte sie ruhig in die Hand nehmen. Es bereitete ihr Freude, sich vorzustellen, daß er dasselbe Buch berühren würde, bereits berührt hatte. *Iden* schlug sie im Brockhaus nach: *Tag der Ermordung Cäsars im altrömischen Kalender, der 15. März im Jahre 44 v. Chr.*

Eines Abends klopfte er bei ihr, um die Miete zu zahlen. Sie schälte gerade Gurken. Nachdem er in den Monaten zuvor jedesmal abgelehnt hatte, sich auf ein Gläschen zu setzen, wagte sie es nicht mehr, ihn einzuladen. «Was

machen Sie mit den Schalen?» erkundigte er sich. «Ich
werfe sie auf den Kompost!»

«Geben Sie sie mir! Gut für die Schönheit!» Er grinste
sie an, und sie fragte völlig verdattert: «Für die Schönheit?»

«Man legt sie sich aufs Gesicht» – er nahm zwei Schalen, legte den Kopf nach hinten und breitete die Schalen
über Augen und Nase –, «das entspannt und strafft.»

Sie reichte ihm die Schalen, unbeholfen vor Verwir-
rung. Er legte sie sich über den Arm, als wären es Krawatten, und ging. Daß ein Mann so eitel sein konnte. Ihrem
Mann erzählte sie nichts davon.

Wenn ihr Mieter nach Frankfurt fuhr zu seiner Mutter,
stellte sie ihm bei der Rückkehr einen Blumenstrauß aus
dem Garten auf seinen Tisch, den sie Tage später, wenn
die Blumen verwelkt waren, in den Kompost warf. Sie
schloß nicht aus, daß er die Blumen gar nicht sah, *zerstreu-
ter Professor*, der er war. Wie heißen Sie am Vornamen?
hatte er sie in einem der anderen Gespräche gefragt, die
bei der Übergabe der Miete unvermeidlich wurden und
selten länger waren als drei Sätze. Und als sie «Helene»
geantwortet hatte, lachte er und sagte: «Die fromme
Helene.» *Am* Vornamen, das hatte sie noch nie gehört, *mit*
Vornamen, aber *am*? Es gefiel ihr, vielleicht war das schle-
sischer Dialekt, und sie fragte, Kopf zur Seite gelegt,
neckend, zurück: «Und Sie, wie heißen Sie am Vornamen?» obwohl sie es wußte. Als er ganz ernst «Rudolf»
sagte, wurde sie verlegen, sagte: «Schöner Name und
schönen Abend noch» und hielt ihm die Tür auf.

So hätte es sein können; vielleicht hieß Helene auch Margot oder Gisela und war verwitwet, froh über einen Mann im Haus und die zusätzliche Einnahme, aber erzürnt wegen der Brandlöcher überall und der Kippen im Ausguß. Die Gurkenschalen kamen während meiner Kindheit ja tatsächlich wie beschrieben zum Einsatz: der Vater ausgestreckt auf der Couch im Herrenzimmer, das abgedunkelt war, reglos unter den dunkelgrünen Streifen.

Wie schon das Kriegstagebuch, befaßt sich auch das der Jahre 49/50 mehr mit inneren Vorgängen und Zuständen, mit Beurteilungen, Überlegungen und Selbstentwürfen, als mit der jeweiligen «Lebenswelt».

Folglich findet sich in ihm, begonnen am 16. Mai 1949, wenig zu der Situation in St. Goarshausen:

*In einem kleinen Nest, das sich mit einem Kranz von Weinbergen schmückt, nur vom Charme lebt und vom Obst dazu, aus den Gärten hinter den Häusern – in diesem freundlichen Nest verbrachte ich einen frühen Sommer.*

So wunderbar beginnt ein Text, *Gier* überschrieben, den er nicht zu Ende führt und der ganz offensichtlich seinen damaligen Wohnsitz zum Schauplatz hat. Hier am Rhein, im Herz einer deutschen Landschaft, ist das Deutschsein, also das Zuhausesein, für R.L. aber nicht so beschaulich, wie es sich in der einleitenden Schilderung liest. Er fühlt sich fremd und benachteiligt.

*23.8.49*

*Gestern schwarzer Tag. B. wies mein Gesuch ab – Grund Einstellungssperre. Bei meinem Besuche merkte ich, daß er gegen*

166

*Flüchtlinge sei. Ich bin zu niedergeschlagen und habe eine unan-*
*ständige Wut in mir. Immer und immer diese Misere!*

Die Formulierung legt nahe, daß dies nicht die erste
Erfahrung von Diskriminierung – echter oder eingebilde-
ter – ist. Eine Kontinuität der Kränkungen: als Deutscher
in Polen, als Flüchtling in Deutschland, später, im ge-
hobenen Schuldienst, als progressiver – er wollte die Di-
daktik der Mathematik mit programmiertem Unterricht
revolutionieren – unter konservativen Pädagogen, als Pro-
testant unter Katholiken. Erregtes Auf- und Abmarschie-
ren in der Wohnung in Oberlahnstein, später im eigenen
Haus in Mainz, immer getrieben von der *unanständigen
Wut*, die er hier bereits empfindet und beschreibt. Die
Wahrnehmung der Umwelt als eine gegen ihn verschwo-
rene Macht hat zur Folge, daß er die Brüche und Widersprüche in der eigenen Biographie, die getroffenen Fehl-
entscheidungen und die zugefügten Beschädigungen unmöglich als mitverantwortet sehen kann. Wer sich als
Opfer von Intrigen, Umständen und Zeitläuften sieht, unterwirft das eigene Handeln nicht einer besonders kritischen Überprüfung, sondern bemüht sich vielmehr, es
einer Symptomatik zuzuordnen, die das Zwangsläufige
des Geschehens belegt. So sieht R.L. beide, die eigene
Lebensgeschichte und die Geschichte im Sinn von Histo-
rie, nicht als Summe oder Resultat individuellen und kollektiven Handelns und Entscheidens, sondern als eine
nach eigenen Gesetzen sich vollziehende, periodisch wie-
derholende Dynamik, die sich die Geschichte unterwirft.
Der verlorene Krieg erzeugt Überlebende im grammatika-

lischen Gestus des Passiv: Was ihnen zugestoßen ist oder genommen wurde, definiert sie, nicht, was sie taten oder unterließen zu tun. Auch R.L. sieht das so. Hätte er einen anderen Blick darauf werfen können? Hätte er so frei sein können? Gab es Spielräume? Hätte er sie nutzen können? All das habe ich nie gefragt, und so weiß ich noch immer nicht, ob die Erfahrung des Kriegs, die Erfahrung einer Fernsteuerung also (selbst wenn sie begrüßt wird, bleibt sie das), diesen Fragen bereits ihre Berechtigung nimmt. Mich empören zu können ist womöglich ein historisches Privileg, das mir – durch die Zugehörigkeit zu einer Generation, die den Krieg im eigenen Land nicht aus persönlicher Erfahrung kennt – unverdient in den Schoß gefallen ist. Ein Grund mehr, Fähigkeit zur Empörung in der Gegenwart, in der Zeitgenossenschaft, ernst zu nehmen.

R.L.s Phantasien der Führung – selbst Gewaltiges zu vollbringen – sind nun, vier Jahre nach Kriegsende, denen des kompetenten, kalten Interpreten und des Opfers des Gewaltigen, das jetzt auch als Katastrophales gesehen wird, gewichen. Man ist Teil des Geschehens, aber eben nicht aktiver. Ein neutraler Blick ist das; eine Kameraführung der Bestandsaufnahme. Die Unanfechtbarkeit des Forscherblicks, der sich allerdings nie fragend, erst recht nicht zweifelnd auf den Forschenden selbst richtet, sondern nur auf die «Lage», deren Symptomatik sich in der eigenen Person manifestiert, bleibt auch nach dem Krieg die Lieblingsfiktion des Autors R.L. Im Nachkriegstagebuch wird das sehr augenfällig, und wäre die Vermieterin die verwitwete Gisela gewesen, halbbelesene Pfarrerstochter, und hätte sie mit größerer Neugier als die fromme Helene in den Büchern ihres Untermieters gekramt, sie hätte sicherlich Ernst Jüngers *Strahlungen* gefunden und gleich erkannt, wie sehr dieses Tagebuch dem im aufgeschlagenen Heft geführten Vorbild war und Pate stand. Bis in die Diktion: *Gedanke:* schreibt Jünger und läßt dann den Gedanken folgen. *Gedanke:* schreibt R.L. und führt ihn in einer kurzen Skizze aus.

Auch das Exlibris, das Jünger sich stechen lassen will – in R.Ls Tagebuch erwähnt –, kommt mir bekannt vor: *In Stürmen reife ich.* Der junge Stürmende von 1944, zu Besuch in Lemberg, auch er ist nun gereift zum reinen Betrachter.

Dem Forscherblick ist alles gleich gültig: die Blüte, die Verdauung, das Theater, die Hinrichtung – Jüngers Neugier ist ein interesseloses Interesse, also eine teilnahmslose Teilnahme. Die Welt ist ein Labor, in dem das Schreckliche die Charakteristik schrecklich hat, so wie der Laubfrosch die Farbe grün hat. Bevor es das Scannen gab, hat Jünger es bereits erfunden: Er erfaßt und katalogisiert die Oberflächen. (*Erwachte in Gedanken an meinen alten Plan der teoria die colori, in der die Farbe als Funktion der Oberfläche behandelt werden soll,* heißt es am 8. März 1942.) Im Unterschied zum *monsieur le vivisecteur* ist der Scanner an Kausalitäten und Funktionszusammenhängen desinteressiert. Er will nur die Beschaffenheit erfassen – der Grausamkeit, der seelischen Verfassung, der Lindenblüte. Was auch immer. Dafür braucht man Unvoreingenommenheit (ein steriles Instrumentarium zur Verhinderung der Kontamination durch ethische oder politisch-ideolo-gische Vorgaben) und Wissensdurst als Antrieb.

*Auch will ich mir gestehen, daß ein Akt von höherer Neugier den Ausschlag gab. Ich sah schon viele sterben, doch keinen im be-stimmten Augenblick. Wie stellt sich die Lage dar, die heute jeden von uns bedroht und seine Existenz schattiert? Und wie verhält man sich in ihr?*

Diese Passage, in der Jünger am 29. Mai 1941 ausführt, daß *zur Flut von widrigen Dingen*, die ihm bevorstehen, auch die Aufsicht bei der Erschießung eines wegen Fah-nenflucht zum Tode verurteilten Soldaten gehört, hat mein Vater, dessen Exemplar der *Strahlungen* ich übernommen habe – wie auch die Exlibris-Stelle –, mit einem kleinen Kreuzchen gekennzeichnet.

Die Sorgfalt, mit der die Hinrichtung vorbereitet wird, ist erschütternd: Der anwesende Arzt heftet dem Deser-teur *ein Stück roten Kartons von der Größe einer Spielkarte über dem Herzen an das Hemd.* Diese Stelle ist nicht ange-strichen. Bei den Partisanenerschießungen in Serbien ging man sicherlich nicht so akkurat und korrekt vor – auch ein Pfarrer ist zugegen. Jünger vermerkt, ebenso wie sein Epigone, durchaus auch emotionale und psychische Befindlichkeiten und Reaktionen, aber sie bleiben für das Handeln folgenlos. Spielt bei dem Schreibvorhaben, daß R.L. am 9.4.50 wie folgt skizziert, auch eine – in Jüngers Sinn – *höhere Neugier* eine Rolle?

*zu schreiben: Millionen auf eine Insel Deportierte – dort leben angesichts einer sicheren Vernichtung. – zu zeigen: daß es eine Zu-weisung der Lebensfunktionen gibt.*

Ich weiß nicht, ob R. L. die Pläne, die ab 1940 geschmiedet wurden, Europas gesamte jüdische Bevölkerung nach Madagaskar zu deportieren, bekannt waren, mit deren konkreter Ausarbeitung der Leiter des so genannten Judenreferats in der Deutschlandabteilung des Auswärtigen Amts, ein gewisser Franz Rademacher, hoffte, seine Karriere zu krönen – aber es spielt auch keine Rolle. Gruselig ist beides: die bewußte Wiederaufnahme dieses Plans als literarisches Projekt ebenso wie seine Konstruktion in Unkenntnis der Madagaskar-Vorgeschichte. Der Abstand zum Krieg wird gewonnen, indem man ihn betrachtet, unter die Lupe nimmt wie ein Naturereignis, über dessen Genese und Verlauf man nun in der künstlichen Rekonstruktion Aufschlüsse zu finden hofft. Jünger tut dies allerdings bereits während des Kriegs; selbst die letzten Botschaften der Geiseln vor ihrer Erschießung, die er übersetzt, werden diesem eher statistischen Impuls unterworfen. So stellt er etwa fest, daß die am häufigsten gebrauchten Worte in den Abschiedsbriefen *Liebe*, *Mut* und *Lebwohl* sind.

Eine weitere Ähnlichkeit zu Jüngers *Strahlungen* ist die für R. L. ungewöhnliche Beschäftigung mit Natur, Landschaft, Blumen. Sie nimmt keinen großen Raum ein, ist aber, vor allem, in den wiedererzählten Träumen – auch das eine Parallele –, auffällig. Einmal, am 18.6.1949, spricht er sogar von *Syringen*, Flieder also. Jahrzehnte später kokettiert er selbstironisch mir seiner Ignoranz in Sachen Botanik: Veilchen und Rosen, sagt er zu den Töchtern, kann ich auseinanderhalten. Sonst nichts.

Oder so, Fingerübungen nach Jünger:

*Enges Tal. Die Sohle und den Hang zögernd hinaufkriechende blühende Bäume. Von oben drückt das Dunkel wunderbar träger Wolken und schafft einen seltenen Kontrast, der anreizt, wie der Widerstreit zweier polarer Empfindungen.*

Das Original:

*Ich raste dann an einem einsamen Hange, den niedrige Maronenbüsche überwuchern, und von dem man in grüne Tannen- und Eichengründe blickt. Im Ruhen und Sinnen fließt der Nachmittag nur allzu schnell dahin.* (13. September 1942)

Es geht in diesem Tagebuch auch um das Schaffen einer neuen *persona*, die den in den Krieg verstrickten Soldaten ablöst. Diesem Vorsatz kommt das *in Stürmen* gereifte, nun ungerührte Schauen Jüngers sehr entgegen. Im Tagebuch wird die Jünger-Lektüre so kommentiert:

*Dazu:* [Spiegelungen menschlicher Verhältnisse] *Das Leben projizieren in verwandte Räume, d. h. in Räume ähnlicher Motive. Im Entfernungsbegriff liegt der Reiz, von ihm hängt unter anderem die Perspektive* [ab] *unter der man nun das Sehen, auch das eigene wie im Spiegel sieht.*

*Jünger hat Heliopolis geschrieben, mein Gedanke, der Roman einer Stadt. Meiner wäre weniger (?), vielleicht dafür mit mehr Blut geschrieben. (Welche Hoffart!)*

Ich vermute, daß die Distanzierung um jeden Preis bereits Teil ist der Beschädigung, die der Krieg verursacht und hinterlassen hat. Der Wunsch, von sich selbst abzusehen – als Versehrter, als Irrender, vielleicht als Mitschuldiger –, ist stärker als der nach einer gründlichen Introspektion. Genauer gesagt: Introspektion kann es gar nicht

172

geben, weil durch die Spaltung in ein handelnd-pragmatisches Ich und ein emotionales Ich, also durch die Aufteilung in verschiedene Spiel-Räume, der Begriff des intakten, integren, *ungeteilten* Individuums Fiktion, Makulatur geworden ist.

Auch daß es kaum Beschreibungen und Angaben gibt zu diesem neuen Leben im deutschen Deutschland, ist dadurch erklärlich: *Im Entfernungsbegriff liegt der Reiz.* Nicht in der Nähe. R. L. liest nach, wer er ist, deshalb ist es nur konsequent, die tatsächlichen Lebensumstände als zufällige Gegebenheit zu betrachten und einer eingehenden Betrachtung und Beschreibung nicht für wert zu erachten. Die Fragen, die er sich stellt, sind weniger «Wer bin ich (in der Geschichte), was habe ich getan, und was folgt moralisch daraus?» als vielmehr «Wer sind Wir? (im Raum, in der Zeit), was mußten Wir – schicksalshaft – tun? und an welchem Punkt der Wissenschaftsgeschichte befindet sich unsere Erkenntnis?»

*Gedanke:*

*Vielleicht ist unser Flüchten ins Abstrakte, Unwirkliche eine neue Sehnsucht (alte Sehnsucht frisch gerührt), die aus der Neugier kommt über die Räume des Kosmos, die sich bezüglich der Form nicht Euklidisch, bezüglich der Substanz nicht Newtonisch mehr lösen läßt.*

Das Steuerungszentrum des Handelns und des Erkennens wird ausgelagert, in einen Raum der Determinationen, beim Fühlen ist das schon schwieriger. Bei Jünger findet sich dafür eine handliche Erklärung.

*Über das Tagebuch. Es trifft doch immer nur eine gewisse*

*Schicht von Vorfällen, die sich in der geistigen und physischen*
*Sphäre vollziehen. Was uns im Innersten beschäftigt, entzieht sich*
*der Mitteilung, ja fast der eigenen Wahrnehmung.*

Die Metaphorik des Sturms deutete das bereits an. Wir
werden bewegt, von außen, eben von den Stürmen, und
ihre Kraft, ihre Richtung verändert uns – auch innerlich.
Aber wir bleiben Zuschauer, Getriebene. Die Aufgabe des
aufmerksamen (Selbst-)Beobachters – also nach Jüngers
Auffassung des Intellektuellen – ist folglich die eines Pro-
tokollführers. Er muß genau verzeichnen, was vorfällt; er
macht die Bestandsaufnahme, er inventarisiert die Welt.
Den Käfern, der Liebe, dem Massenmord und der Haupt-
mahlzeit wird dasselbe, sorgfältig abgewogene Interesse
gewidmet. Das Sichtbare und das Ereignishafte haben
immer Vorrang vor dem Inneren.

R. L. gelingt diese Stilisierung in seinem Tagebuch nur
partiell, immer wieder brechen tatsächliche Befindlichkeiten und Empfindungen hervor – Verliebtheit, Frustration,
Einsamkeit, Verdruß und Lebensmüdigkeit –, die dem
Ansatz, alles symptomatisch zu deuten, zuwiderlaufen.
Viele Einträge gelten der Mutter, die er oft wochenlang bei
sich aufnimmt und umsorgt. Die eigene Haut läßt sich
nicht entfernen – bei aller theoretisch-entschlossenen Lust
an der Distanz und dem Blick auf sich selbst als Symptom-
träger. Die Haut ist eben nicht nur Oberfläche.

Nehmen wir einmal an, die Vermieterin wäre Margot
gewesen, ihr Mann, Erwin, Weinbauer und Autodidakt,
wäre ebenso wie R. L. Ende 1945 aus der Gefangenschaft
entlassen worden. Er schreibt Gedichte, geht hin und wie-

der abends in den *Adler*, wo er manchmal seinen Untermieter trifft. Der trinkt nur selten ein Glas Wein (in
St. Goarshausen fällt das auf), gelegentlich ein Bier, meist
schwarzen Kaffee. Erwin und er geraten ins Gespräch,
R.L. erzählt auf Nachfrage, wie es zum Verlust der Finger
kam, Erwin spürt aber, daß Gespräche über den Krieg,
den konkreten Krieg, ihm unangenehm sind. Darin geht
es beiden ähnlich. Erwin gibt sich Mühe, Hochdeutsch zu
sprechen, erzählt von den Gedichten, die er schreibt, den
Gedichten, die er liebt. Marie-Luise Kaschnitz zum Beispiel. *Große Wanderschaft*. Seine Augen glänzen.

*Doch Traum ist nicht. Allüber ein Verändern*
*Das ist schon tief in uns hineingesunken*
*Und wohnt in diesen unerfahrenen Ländern*
*Des Innern als ein übergroßer Gast*
*Aufstörend viel. Drum sind am meisten trunken*
*Die ganz versehrten, jedes Dings Beraubten*
*Die Gliederlosen, Blinden. Totgeglaubten*
*Leiblich verändert und im Kern betroffen*
*Und sehr im Leeren stehend. Aber offen.*

Das, sagt er außer Atem, ist große Kunst. Und hebt sein
Glas. *Jedes Dings Beraubten und sehr im Leeren stehend. Aber*
*offen.*

Nein, nein, widerspricht sein Mieter, ohne das eigene
Glas zu heben. Betroffenheit ist unästhetisch. (Erwin zieht
den Kopf ein). Lesen Sie Jünger!

Und auch er zitiert mühelos aus dem Gedächtnis.

*Auch hat man das Gefühl, daß die Gesichter sich verändern,*
*sie werden nicht nur müder, verhärmter und dürftiger, sondern*
*im moralischen Sinn häßlicher. Das geht mir besonders in den*
*Wartesälen auf – man hat das Gefühl im Käfig zu sitzen und von*
*Bestien umringt zu sein. Übrigens sind diese Wartesäle Orte, an*
*denen die ungeheure Entfernung deutlich wird, die uns vom*
*Ziele trennt.*

Aber, sagt Erwin, ist das denn eine Frage der Ästhetik,
der Krieg, die Zerstörung? Ist Moral das Unschöne? Das
alles bringt er vor, ohne überlegt zu haben; er fühlt sich eigenartig beflügelt und aufgeregt. Wie vor einer Prüfung,
auf die er gut vorbereitet ist.

Wahrheit kommt von Wahrnehmen, antwortet R.L.,
nicht von Bewerten.

Sie gehen dennoch gemeinsam nach Hause, R.L. lobt
das Pflaumenmus seiner Vermieterin, und Erwin sagt, daß
auch er von allen Konfitüren das Pflaumenmus am liebsten mag. Und Zuckerrübensirup. Gute Nacht.

Nein. Er hat im *Adler* gesessen, Strammen Max gegessen und mit Erwin Schach gespielt, manchmal eine Zigarette geschnorrt. Sie haben kaum ein Wort gewechselt,
wie üblich beim Schach. Deswegen ist ihm Erwin auch
wesentlich lieber als Margot, dessen Frau. Sie – da ist er
sich ganz sicher – mag Flüchtlinge nicht. Seit er dort
wohnt, hat sich die Zahl der Fußabtreter verdoppelt – als
wären seine Schuhe doppelt so schmutzig wie die der ursprünglichen Hausbewohner. Oder er sitzt allein im *Adler*,
schreibt Karten an I. oder M., die er dann doch nicht ab-
schickt (*im Entfernungsbegriff liegt der Reiz*), bläst Rauch-

kringel unter dem Lampenschirm, wo sie sich elliptisch verziehen. Er weiß, warum sie das tun, und genießt die Physik. (Bei guter Laune tat er das auch als Vater gelegentlich; wir versuchten, einen Bleistift durch die Ringe zu stecken, Dompteusen des Rauchs.) Hinter dem Tresen steht die Wirtin und wartet auf den letzten Schluck, damit sie einen Grund hat, an seinen Tisch zu treten. Es dauert. Aber sie hat Geduld; niemand hat Geld. *Sich abfinden und gelegentlich aufs Wasser sehen*, hätte ihr sicher als Devise gefallen; aber sie kennt den Satz nicht und seinen Verfasser, Gottfried Benn, ebensowenig.

Benn ist neben Jünger der zweite Pate dieses Tagebuchs. Der Satz stammt aus *Der Ptolemäer*, einer schmalen Sammlung erzählerischer Texte, zwischen 1937–1947 entstanden und, ebenso wie die *Strahlungen*, 1949 erschienen. Das Zitat ist dem Tagebuch als Motto vorangestellt. Benn selbst sagt in einem Brief an seinen Verleger über diesen Text, daß er ein *Gedanken- und Problemmassiv aktuellsten Charakters* sei. Er fürchtet, er würde als *unzeitgemäß* empfunden werden, und täuscht sich darin sehr. Es ist ein furioser, wortgewaltiger Text, höhnisch, trostlos und bitter, ein Text, dem die vornehme Zurückhaltung des Jüngerschen Tons ganz und gar abgeht, der ihm in der gezogenen Bilanz wiederum sehr nah steht. Er tobt, tobt sich aus – und beruhigt sich auch wieder:

*Ich drehe eine Scheibe und werde gedreht, ich bin Ptolemäer. Ich stöhne nicht wie Jeremias, ich stöhne nicht wie Paulus. (…) Ich trage auch kein Wissen um meine «Geworfenheit», wie die modernen Philosophen, ich bin nicht geworfen, meine Geburt hat*

177

*mich bestimmt. (…) allerdings behänge ich mich nicht mit Weib*
*und Kind und Sommerhäusern (…), ich trage unauffällige Bin-*
*der, Anzug jedoch von tadellosem Schnitt, das Äußere ein Earl,*
*das Innere ein Paria (…) Sich abfinden und gelegentlich aufs*
*Wasser sehn.*

*(…) Alles ist, wie es sein wird, und das Ende ist gut.*

Es gibt eine winzige Abweichung in der Schreibweise
des von R.L. zitierten Satzes, den er dem Tagebuch vor-
anstellt. Er schreibt nämlich korrekt *sehen*, während Benn
verkürzt, verschleißt zu *sehn*. Der Unterschied ist groß:
Während die Schreibweise R.L.s eine nahezu bud-
dhistische Gelassenheit und Kontemplation nahezulegen
scheint, friedenserfüllt, bleibt dem knappen Resümee
des Ptolemäers – im bürgerlichen Beruf übrigens Inhaber
eines nicht gerade überlaufenen Berliner Schönheitssalons – etwas Schnoddriges, Kaltschnäuziges. Er ist nicht
abgeklärt, sondern abgebrüht.

*Die Leichen (…) lagen auf den Trottoirs, und die Vorüberge-*
*henden fanden das natürlich – Zahnschmerzen, eine entzündete*
*Pulpa hätte sie vielleicht noch in Bewegung gebracht, aber Buckel*
*im Schnee –, das konnten auch Ratten oder Keilkissen sein.*

Der Mathematiker R.L. ist sentimentaler und defen-
siver im Ton als der Arzt Benn, aber auch bei ihm gibt es
keine emphatische Äußerung zu jenen, die im Zuge der
beschriebenen Verrohung millionenfach ermordet wurden. Und auch nicht zu den deutschen Opfern der Bom-
benangriffe, nicht zu denen, die an der Front starben. Der
Sturm wird diskutiert, die Schäden werden hingenom-
men, unterschiedslos.

*Die Materie war Strahlung*, läßt Benn den Ptolemäer sagen, *und die Gottheit Schweigen, was dazwischen lag, war Bagatelle.*

Das «Gute» im Menschen hat sich als schwache kulturelle Übereinkunft herausgestellt, die keiner Bedrohung standhält. Dem Gesetz des Stärkeren, Schlaueren, Korrupteren hat sie kampflos ihren Platz überlassen. Der Ptolemäer bilanziert das scheinbar ungerührt – darin Jünger verwandt –, aber in der mal ätzenden, mal flammenden Sprache zeichnet sich, gegen den Wortsinn, eine Empörung darüber ab, daß die geballte abendländische Zivilisation und Kultur angesichts der Verheerungen des 20. Jahrhunderts nicht mehr waren als ein bißchen Luft mit Spucke. Bei allen Unterschieden haben R.L. und die von ihm gewählten Paten eine entscheidende Gemeinsamkeit: Sie beziehen zum Krieg, zur nationalsozialistischen Ideologie und ihren verheerenden Folgen nicht Stellung, sondern nehmen eine Pose ein – sie treffen also statt einer politischen (und damit verknüpft) ethischen Wahl eine ästhetische. Man könnte auch fragen: Was trägt man zu (vergangenen) *Stürmen*? Den stoischen, den zynischen oder den sentimentalen Pelz?

Die Mathematik und die Mathematiker kommen nicht gut weg bei dem Betreiber des Schönheitssalons *Lotos*, *alte Tanten* nennt er Kepler und Galilei, Descartes, Pascal und Leibniz werden mit *Auswüchse, Betrieb, Seltsamkeiten!* zusammengefaßt.

*Wieso ist minus mal minus gleich plus, was heißt das, wer ist darauf gekommen, wem stieg dieser Irrsinn plötzlich in die Nase* erhitzt sich dieser Barbier, Misanthrop mit autistischen Zügen, nicht im geringsten am Stiften von Beziehungen interessiert, und befindet abschließend über die Mathematik: *Böen aus Nirvana.*

Benns alias des Ptolemäers Verachtung für das Versagen von Wissenschaft und Kultur als moralische Instanz gegen die Verheerung scheint darauf hinzudeuten, daß er eher ein strukturelles als ein subjektives Versagen annimmt und damit die Protagonisten – ja selbst häufig überaus gebildete Akademiker – entschuldigt. Dieser Logik schließt sich der Tagebuchschreiber R.L. an, der damit einhergehenden Resignation nur bedingt. Er ist gewissermaßen weltanschaulich resigniert und desillusioniert, im großen und ganzen neigt er zum Stoizismus, eher sentimental als sarkastisch; im Kleinen und Alltäglichen hat er durchaus wieder Ambitionen, politische ebenso wie literarische (*Prof. G. sandte mir eine gute Kritik («Der dünne Faden»») und riet, die Novelle an «Werthmanns Monatshefte» zu senden.*) Die politischen beschäftigen ihn 1949 vorrangig. Am 24.8. notiert er:

*Mit M. im S…?*

*Wichtige Unternehmung. «Tajny Kl.» eingehen in eine Partei. Immerhin sind wir von einem superioren Bewußtsein getragen. Er will in Trier versuchen an eine Persönlichkeit heranzukommen. So wie es ist, geht es nicht weiter.*

*Tajny* ist polnisch und bedeutet «geheim», die Abkürzung könnte *Klub* (Club) bedeuten oder Konzentrationslager. Würde man ein so kurzes Wort wie Club abkürzen? Gibt man den abgekürzten Begriff zusammen mit *tajny* bei einer Suchmaschine ein, erscheinen polnische Titel zu Auschwitz und Birkenau. Es geht darin um geheimzuhaltende Erschießungen. Der Ausdruck *tajny Kl.* taucht kein weiteres Mal im Tagebuch auf; der konspirative Ton, wie ihn Logenbrüder unter sich anschlagen, aber sehr wohl:

Am 19.9.:

*M. geschrieben.*

*z Th: Inhalt: nicht in Parteien gehen, das wäre ein kleiner Anfang – führt zum Kreistagsabgeordneten. Unsere Stärke liegt woanders: An ganz hohe Personen wenden – unsere Zukunft in der Außenpolitik. Dort wird alles wesentliche entschieden über internationale Abmachungen, so daß alles, was uns innenpolitisch so ärgert, integral beseitigt werden kann. Wesentlich ist nun das in einer Art Denkschrift niederzulegende: Dies müßte in den Oktoberferien gemacht werden – und dann auf nach Bonn.*

Wahrscheinlich dreht sich alles um den *Block der Heimatvertriebenen und Entrechteten*, im Tagebuch abgekürzt als B.d.H., in dem sich M. und R.L. sehr engagieren; am 5. August 1950 verabschiedet der *Bund der verbliebenen Deutschen* in Stuttgart eine Charta. Wäre Margot die Vermieterin gewesen, mit ihrem Mißtrauen gegenüber Flüchtlingen, dann hätte sie sicher zu Erwin, ihrem Mann, der lange, in Schweigen gehüllte Nachmittage damit verbringt, berühmte Schachpartien nachzuspielen, spitze Bemerkungen über das rege Reiseleben ihres Mieters gemacht, der mit der Miene eines Verschwörers – abgesehen von der reinen Nennung der Reiseziele, Bonn, Trier, Bitburg, Göttingen – nichts über deren Zwecke verlauten ließ. Margot wäre nicht die einzige, die mit großen Ressentiments auf den Flüchtlingsstrom reagierte; die etwa acht Millionen Neuankömmlinge waren unerwünschte Konkurrenz für die Einheimischen, die nach der Beseitigung der Trümmer versuchten, ihren vorherigen Gewerben und Berufen wieder nachzugehen – und häufig unterbreitete der schlesische, sudetendeutsche oder ostpreußische Konkurrent ein günstigeres Angebot und stach den einheimischen Bewerber aus. Hinzu kamen die Enge und Wohnungsnot; in den westlichen Zonen lebten mehr als 200 Menschen auf jedem Quadratkilometer, eine Steigerung von 25 % gegenüber Vorkriegszeiten, Zwangseinquartierungen waren nicht ungewöhnlich, Spannungen unausweichlich. In Göttingen beispielsweise lebten 1952 15.608 Flüchtlinge aus Schlesien, Ost- und Westpreußen, Pommern, dem Warthegau und anderen Gebieten, in Schleswig-Holstein und Bayern waren weit über 20 % der Bevölkerung Flüchtlinge.

In seiner Charta beharrt der *Bund der deutschen Heimatvertriebenen* auf dem *Recht auf Heimat als eines der von Gott geschenkten Grundrechte der Menschheit* und verlangt eine *tätige Einschaltung der deutschen Heimatvertriebenen in den Wiederaufbau Europas.*

*Die Völker der Welt,* heißt es in den Erläuterungen dazu, *sollen ihre Mitverantwortung am Schicksal der Heimatvertriebenen als der vom Leid dieser Zeit am schwersten Betroffenen empfinden.*

Es ist beinahe unmöglich, mit dem heutigen Kenntnisstand über die Abermillionen Ermordeten und Toten des

Krieges und dem vielfach gebrochenen Begriff von Heimat das Lauthalse und Schwülstige dieser Forderungen und Ansprüche nachzuvollziehen. Jedes einzelne Flüchtlingsschicksal ist grausam – aber was den Vertreibungen an Vertreibung und Mordorgien vorausging, macht eine Formulierung wie die oben zitierte – *der vom Leid dieser Zeit am schwersten Betroffenen* – anstößig.

Im Tagebuch gibt es mehrere Entwürfe zu Reden, die wohl im Vorfeld der Verfassung der Charta auf unterschiedlichen Veranstaltungen von R.L. gehalten wurden – und die Formulierungen ähneln sehr den zitierten. Immer wieder auch Rechenbeispiele für den umstrittenen Lastenausgleich; Appelle für eine gerechte Verteilung der Flüchtlinge auf die Zonen bzw. Bundesländer (diejenigen, die vorwiegend von Agrarwirtschaft leben, im Westen ist das Schleswig-Holstein, haben den höchsten Anteil an Flüchtlingen). Die Verabschiedung der Charta wird im Tagebuch nicht ausdrücklich erwähnt, am 8.8.1950 gibt es einen Eintrag, auf polnisch, der von der *ganzen tragischen Sache* spricht, für die M. *acht Monate* benötigte. Falls *tajny Kl.*, der anfängliche Geheimbund, mit dem Block der Vertriebenen identisch ist, dann haben sich die Verhältnisse in kurzer Zeit sehr gewandelt. Der Block der Vertriebenen und Entrechteten (BHE) ist im Jahre 1953 eine Partei, die bei den Wahlen 5,9 % der Stimmen erhält. Daß zu den Parteigründern auch Waldemar Kraft (SS-Hauptsturmführer), unter Adenauer von 1953–1956 Minister für besondere Aufgaben, und Theodor Oberländer (Obersturmführer in der SA, Gauamtsleiter im Gaustab des NSDAP-Gaus Ostpreußen und Offizier in der Sabotageeinheit *Bataillon Nachtigall*), von 1953–1960 Vertriebenenminister, gehören, wird nicht erwähnt. Oberländer und R.L. hätten sich leicht treffen können: Als in den ersten Julitagen – das Pogrom, dem 4000 Menschen zum Opfer fielen, bereits in vollem Gange – das *Bataillon Nachtigall* einmaschierte, war er Kreisschulrat im nahen Tarnow und Lemberg, dem Sitz seiner ehemaligen Alma mater, noch sehr verbunden. (Auch im Tagebuch schreibt er schwärmerisch von Lemberger Spaziergängen.) Beide, Kraft und Oberländer, werden Mitte der fünfziger Jahre Mitglieder der CDU. Oberländer erhält sogar 1958 das Großkreuz des Bundesverdienstordens durch Theodor Heuss überreicht.

In den Statuten der Charta steht unter Punkt 1: *Wir Heimatvertriebenen verzichten auf Rache und Vergeltung. Dieser Entschluß ist uns ernst und heilig im Gedenken an das unendliche Leid, welches im besonderen das letzte Jahrzehnt über die Menschheit gebracht hat.*

So wichtig der Verzicht auf die Einforderung von Vergeltungsmaßnahmen ist – es bleibt eine große Irritation über die sehr distanzierte Formulierung, daß *das letzte Jahrzehnt unendliches Leid* gebracht habe. Die von Jünger und Benn ästhetisch begründete Distanz wird hier politisch mißbraucht, und der Zweite Weltkrieg erhält den Charakter einer Jahrhundertnaturkatastrophe, die ohne menschliches Zutun über die Völker hereinbrach. Das Mitgefühl und die Solidarität sollen denjenigen gelten, die überlebt haben, nicht den Toten und Ermordeten und deren Familien – sofern es sie überhaupt noch gibt.

Auch so jemand wie Margot sieht den Krieg als Katastrophe, als das Eintreten höherer Gewalt: Aber wenn bei ihr das Haus einstürzt, findet sie, dann kann sie ja auch nicht zu Nachbarn gehen und verlangen, daß sie aufgenommen wird. Manche trifft es und andere nicht. Eigentlich könnten die Flüchtlinge ja auch nach Österreich gehen.

Das Flüchtlingsdasein nagt am Selbst- und Sendungsbewußtsein des Studienassessors. Kurz nach seinem 37. Geburtstag hält er fest:

*Bis zu meinem 30. Lebensjahr habe ich die Durchschnittsmenschen verachtet. Je mehr ich mich von diesem Zeitpunkt entferne, um so mehr beginne ich sie zu beneiden, Lp*

Als ich wenige Jahre später geboren wurde, hatte sich seine Karriere konsolidiert, er war Studienrat am Oberlahnsteiner Gymnasium, hatte mittlerweile Frau und Familie und ein paar Hobbys, wie man die Freizeitgestaltung damals zu nennen anfing. Er gehört nun zu den beneideten Durchschnittsmenschen mit festem Einkommen, nicht geläutert, aber ernüchtert und angepaßt. *Heimat* und *Nationalgefühl* spielten in der Erziehung der Töchter – die genaugenommen ja auch keine Heimat hatten – keine Rolle, was in ihnen Auftrag, Versprechen und Verbrechen gewesen war, wurde nicht mitgenommen in die neue Republik – höchstens als sentimentales Schmuggelgut, das man auspackte, wenn man unter sich war. Unter dem Gesichtspunkt der Leistung konnte sich nun jeder bewähren: Je mehr man leistete, um so mehr konnte man sich leisten. Der BHE schaffte es bereits bei der nächsten Wahl, 1957, nicht mehr ins Parlament; ihr Wählerstamm war, wie gewünscht und vorausgesehen, in denjenigen der Christ- und Freiheitlichen Demokraten eingegangen. Die Läuterung – die in den Entnazifizierungsprozessen verordnete war schnell erlahmt – bestand nunmehr aus dem erklärten Willen, sich einen Volkswagen anschaffen zu wollen und dafür hart zu arbeiten. Da spielte es keine Rolle mehr, ob man aus Schlesien kam oder aus dem Ruhrgebiet.

In Vorbereitung zu einer Rede skizziert R.L. am 19.9.1949 knapp die Ereignisse, Entwicklungen und den persönlichen Werdegang der vergangenen zehn Jahre:

*Gedanken:*

*Schilderung der Entwicklung Sa (?) Vorurteil, Polen, die immer noch vorhandene potentielle Energie der Monarchie. Studium, Ausblicke, Nationalgefühl, das sich integrierende Deutschland. Daher Bejahung Hitlers. Wien – die deutschen Fehler – Hiobsfehler. Kriegsbeginn. G.G. die Fehler Wehrmacht – Ende – Schwierigkeiten die unpolitische distinktlose Differenzierung, auch ohne die Katalyse die durch den Willen von Euch?*

*Was tut not: Ein neuer Repräsentant des Deutschen schlechthin, der Europa erschaut und darüber Deutschland nicht vergißt. (Extreme meidet)*

Mit der zunehmenden Irrelevanz der Vertriebenenpartei und wachsendem Wohlstand versiegen die parteipolitischen Ambitionen von R.L. Deutschland ist ein Teil Europas, und Europa ist Zukunft, nicht Vergangenheit. Was Benn in *Der Ptolemäer* einen Kunden des Schönheitssalons Lotos zu dessen Betreiber sagen läßt, charakterisiert nicht nur individuelles Handeln, sondern ist programmatisch auch für das Handeln der jungen Bundesrepublik:

*«Was wollen Sie», meinte er, «es ist die Zukunft, und der dienen wir ja wohl alle.»*

So ist es nur folgerichtig, daß im Lebenslauf, den er Anfang der sechziger Jahre zur Vorlage im Rahmen der Promotion verfaßt, weder seine Mitgliedschaft in der NSDAP noch seine Tätigkeit im Generalgouvernement als kommissarischer Kreisschulrat Erwähnung finden.

*Es liegt an der bewegten Zeit, daß ich die seit langem gehegte Absicht, mit einer Arbeit aus dem Gebiet der Philosophie der Mathematik zu promovieren, erst so spät verwirklichen konnte.*

Manchmal muß man nur lange genug aufs Wasser sehn, dann erscheint die Zukunft von selbst.

*Seid aber Täter des Worts*

Wahrscheinlich wäre er – nach dem Krieg – gern ein zweiter Zauberer gewesen. In einem bürgerlichen Leben gut aufgehoben, ausgestattet mit dem Ansehen eines großen Schriftstellers, kompetenten Deuters und deutschen Kulturträgers. Alle Geheimnisse, alle seelischen Nöte, alle Sehnsüchte in Schach gehalten durch die von außen nach innen zurückkehrende Bestätigung von Größe. Ruhm kommt von rufen – also muß der Gerühmte, der Berühmte erhört und durch Erfolg erlöst werden von den Zweifeln an der eigenen Bestimmung zu dieser Größe. Bei Thomas Mann, Berufsschriftsteller und großbürgerlichem Repräsentant jener selbstsicheren Behaglichkeit (die nicht ausschließt, daß es innen leidenschaftlich, sentimental und mitunter todessehnsüchtig brodelt), sieht R.L. all das eingelöst. Es gibt verstreut Leseeindrücke zu *Der Zauberberg* und zu Erzählungen (*Gelesen: Th. Mann «Die vertauschten Köpfe». Bedeutend. (…) Das Problem der niemals erfüllbaren menschlichen Sehnsucht*) im Tagebuch, einmal sogar einen Versuch einer «Umarbeitung» einer Mannschen Vorlage. Eine Geschichte, die in einer norddeutschen Hansestadt spielt, in Tonlage und Sprache ganz dem Vorbild angepaßt.

Ein kleiner, aber nicht unbedeutender Schritt hin zu einer zunächst stellvertretend im Familienkreis abgesegneten Stilisierung war die Umwandlung des Namens, den ihm die Töchter gaben und den er französisch verfeinerte: *Pé*. Eigentlich nur als die Abkürzung von Papi, nämlich P., gedacht, erhielt er durch den Akzent eine literarische Note – ein Parfum gewissermaßen. Auch mir gefiel das; die Eleganz, das Exzentrische darin beförderten die ganze Familie zur Literaturtauglichkeit. Dabei hat er durchaus Bücher geschrieben, aber eben keine literarischen, sondern fachdidaktische zur Mathematik. Und die zählten im Licht der anvisierten Aufgabe kaum.

Bereits als Kind verkündete ich, Schriftstellerin werden zu wollen. War das meine Idee? Oder war das der Reflex auf das vom Vater so beharrlich betriebene, so beharrlich vermiedene Streben nach Form und Format? Die Zweite in der Staffel. Ebensogut kann der Wunsch dem entgegensetzten Eifer entsprungen sein, mir meine Gestalt selbst auszusuchen, das Diktat der Gegebenheiten, Abhängigkeiten und Determinationen listig zu unterwandern: Leonie. Leonie wurde Jahrzehnte später auch der Vorname, den ich für mein erstes Pseudonym wählte. Freiheit mit drei Silben.

Sein Leben jedenfalls sollte ein Roman werden und darin unbestreitbar – richtig. Vielleicht hatte er gehofft, den falschen Entscheidungen, den nicht wahrgenommenen Alternativen durch die Fixierung des Lebenslaufs in einem literarischen Kunstwerk die mahnende, kritische Kraft zu nehmen, die im verborgenen überlebt hatte. Vielleicht hat er auch nie an der Richtigkeit der getroffenen Entscheidungen gezweifelt und wollte darüber Auskunft geben. Immer wieder gab es Phasen, in denen seine Zuversicht, ein solch lebensrettendes, politisch wichtiges Werk zu bewältigen, wuchs; euphorisch, kettenrauchend maß er dann den Raum im Auf- und Abgehen ab, sprach über das Buch, seinen Aufbau, seine Perspektiven, malte sich dessen Aufnahme bei Kritik und Publikum aus. Am nächsten Morgen, von Schlaflosigkeit gezeichnet, den Schultag vor sich oder, Jahre später, das Einerlei der Kreuzworträtsel und Bridgehefte, kehrte die Depression zurück, und statt disziplinierter Anstrengung und konzentriertem Fleiß gab es nur die magere Vorfreude auf das Mittagessen und den Mittagsschlaf. Je länger das Buch ungeschrieben blieb, um so größer wurden die Ansprüche an es, um so schwerer und lähmender die Bürde des Ungestalteten. Ein Teufelskreis.

Die meisten der Erzählungen, die, als Kladde gebunden, nun auf meinem Schreibtisch liegen, entstanden früh, in den zwei St. Goarshausener Jahren, 1948 bis 1950. Die Adresse, *Wellmicherstr. 200*, steht auf den Titelseiten. Die Geschichten oder Entwürfe aus dem Kriegstagebuch hat er, mit einer Ausnahme, weder abtippen noch binden lassen. Zweimal, bei *Die Legende vom zerbrochenen Häuschen* und *Das Märchen vom Püppchen und der Tränenperle*, verwendet er ein Pseudonym, Rudolf Holanda, das er später handschriftlich durchstreicht und durch den echten Namen ersetzt. In diesen Geschichten entläßt sich ihr Verfasser noch aus der Verpflichtung zu einem realistischen, zeitgenössischen Erzählen mit dem Anspruch gesellschaftlicher Bedeutung, wie er es an Thomas Mann bei aller Verwendung volkstümlicher Formen (eben der Legende beispielsweise) oder Wiederaufnahme alter Stoffe und Bearbeitungen *(Der Erwählte, Joseph und seine Brüder)* als gelungen bewundert und für sein krönendes Lebenswerk selbst vorhat.

Im Tagebuch gibt es am 2.10.1950 einen sehr programmatischen Eintrag:

*Die wichtigsten Erkenntnisse, die tiefsten Wahrheiten sind in einer Kunstform geschrieben, die wir das Märchen nennen. Siehe Genesis «Das Märchen von der Geburt der Welt» hier sieht man die Konstanz! Unumstößliche Wahrheit – woher? aus dem Unwissen?! Ja!*

Als Beispiele werden *Werke der Weltliteratur*, nämlich die *Ilias, Die göttliche Komödie, Don Quichote* und *Faust* genannt. Hinter einer derartigen Kategorisierung von (Welt-) Literatur als Märchen arbeitet der Wunsch, die Wahrheit möge von selbst aufscheinen, gleichsam magisch in der Kunstform wie ein Schatz gehoben werden und den Verfasser des Märchens von Verantwortung, Wahrheitsfindung und Wissen entbinden. Das Schöne am Märchenerzählen ist die Lizenz zur Zeitlosigkeit, das Schreckliche am Märchen ist seine erstarrte Sprache, die alles unter ihrer Konfektion begräbt:

*War da doch vor vielen Jahren ein kleines, braves Mädchen – wie Du. Das legte seinem Mütterlein, wenn die Zeit zum Schlafen kam, wenn es im Hemdchen schon und nackten Beinen vor seinem Bette stand, rasch und zärtlich die blonden Zöpfe um den Hals und bettelte und bat. (Das Märchen vom Püppchen...)*

Und so fort. Oder:

*War da doch, es ist nicht lange her, in einer Stadt zwischen Nah und Fern, ein Häuschen. – Krumm das Dach, und zur Hälft nur da, zerschunden die Mauern, die Türen entzwei, das Gärtchen verödet.*

*Das kam, weil im Krieg eine Bombe gefallen, bös herunter von oben, und dicht an dem Häuschen.* (Die Legende vom zerbrochenen Häuschen)

Anders als beim bewunderten Thomas Mann tut sich in solcher Verbrämung kein allegorischer Raum auf, der lehrreiche Analogien vermitteln könnte. Der Zuckerguß aus Diminutiven, archaischen und volkstümlichen Wendungen, unter denen nichts zum Vorschein kommt, kommen kann, erstickt alles Kenntliche. Lob des Unwissens.

*Gäloe Sang vom Schicksal der Erde*, eine Art Hymne, zeigt weniger den hausbackenen Märchenton als vielmehr ein peinlich aufgeladenes, mythologisch aufgeheiztes Raunen im Duktus des Zarathustra:

*Im fernen Lande Fahada, das den Schnee seiner Winter rühmt, und die Milde der Sommer, vollzog sich in Gäloe, der Hoffnung Fahadas die Wandlung. Sie überkam ihn im zwanzigsten Wechsel der Sonne. (…) Ratlos verharrt' er im Irren an den Kreuzungen der Wege und sammelte letzte Hoffnung in lässigem Winken. Von seiner Schönheit ergriffen, winkten die Mädchen zurück und nahten gehorsam. Ihrer Wangen Purpur warb, Freundschaft neidisch verletzend, um sie Gunst seiner Augen.*

Ich stelle mir den Studienassessor vor in seiner St. Goarshausener Schreibstube, dessen Einträge ins Tagebuch gelegentlich auch von Schachpartien, Wanderungen, erfüllten und unerfüllten Wünschen, von der Mutter, den

Geschwistern sprechen, seiner Fürsorge für diese, von politischen Ambitionen und alltäglichen Kränkungen – von Erfahrungen und Erlebnissen also, und frage mich, wo sie sind, wenn er schreibt. Die Verfertigung von Geschichten führt in geliehene Welten, seine, die eigene, bleibt ohne Gestalt.

Die Helenes, Margots und Giselas erreichen ihn nicht, Erwins Garten liegt nie vor seinem Fenster. Sein Blick ist wie der des Schönheitssalonbetreibers bei Benn in Fernen gerichtet, hinter denen das Konkrete und der Alltag verschwinden.

Unfähigkeit zur Gegenwart, vielleicht das Kennzeichen einer Generation, die beide Weltkriege erlebt hat und der zwischen nostalgischem Verherrlichen oder Verdrängen der Vergangenheit einerseits und größenwahnsinnigem Entwerfen der Zukunft andererseits die Gegenwart abhanden gekommen ist. Die Unbestimmtheit des Märchens ist in all den Geschichten zu finden, die sich um Vergangenes, also auch den vergangenen Krieg, drehen. Elend, Armut und Zerstörung sind atmosphärisch, nicht politisch wichtig: Das Leid, das dem Land oder dem Mädchen und seiner Mutter widerfährt, ist gewissermaßen vom Himmel gefallen (wie die Bombe); in ihm gefangen, können sich nun die Märchenfiguren, das Mädchen, das Mütterchen, das Bübchen, selbst das Häuschen, moralisch bewähren.

Wenn es um die Zukunft – auch aus der Rückschau gesehen – geht, herrscht ein anderer Ton, die Erzählung *Rote Erde, bleicher Schnee* zeigt das. Sie ist ohne Datierung, aber vermutlich Mitte der vierziger Jahre entstanden, der Anfang findet sich handschriftlich im Kriegstagebuch, zu Ende geschrieben, getippt und gebunden hat R.L. sie möglicherweise erst später. Literarisch ist sie völlig unbedeutend, als Zeugnis einer Mentalitätsgeschichte aber überaus aufschlußreich. Die Handlung ist schnell erzählt: Es ist Mitte der dreißiger Jahre, der junge Georg Larisch, vielversprechender Assistent bei der Mathematik-Koryphäe Professor Zaremba an der Lemberger Universität, kündigt – zur Überraschung aller – seine Stelle und tritt in das Geschäft mit Tuchwaren seines Onkels Theimer als Gesellschafter ein. Nur zum Schein allerdings, denn mehr als eine Karriere als Kaufmann beschäftigt ihn eine bevorstehende politische; im konspirativen Ton wird davon berichtet. Ein gewisser Heuden wird in Lemberg erwartet, der Gründer der Neudeutschen Partei, und dieser hat viel vor mit dem jungen Larisch. Der zeigt sich empfänglich für höhere Aufgaben und entscheidet sich folgerichtig gegen eine sich anbahnende Liebesbeziehung mit der Polin Irena Zalewska, die ihn zu sehr von seiner eigentlichen Berufung abhalten würde. In groben Zügen sind das die Stationen des Mittzwanzigers R.L., der nach dem Studium an der Lemberger Universität Mitglied der Jungdeutschen Partei wird, vom Gründer derselben, Rudolf Ernst Wiesner, in seinen politischen Ambitionen wesentlich bestärkt. Als R.L. die Geschichte von der roten Erde und dem bleichen Schnee schreibt, ist der Krieg so gut wie verloren; im Vorwort, das er der Erzählung vorausschickt, heißt es:

*Könnte es sein, daß ein Gesetz über der Sonderung* [Auswahl]
*steht und, unabhängig von uns, auswählt, was haften soll und*
*was nicht?*

*Eine unklare Antwort gibt uns das Gefühl, und es ist diese:*
*daß es hinter dem gelebten Leben noch ein anderes gibt, ein nicht-*
*gelebtes, ein nur als Möglichkeit geahntes, das zu leben wir aber*
*in unseren Sehnsüchten fähig sind.*

Ist es zu schnöde zu sagen, daß die Rote Armee das *nur*
*als Möglichkeit geahnte* Leben zunichte gemacht hat, indem
sie Hitlers Truppen besiegte, und daß man darüber weniger poetisch werden sollte als vielmehr stutzig? Ich weiß
es nicht. Aber bei der Lektüre hat sich mir sinnlich offen-
bart, in welchem Milieu, in welchem Humus der Nationalismus, der damit verbundene Machtanspruch und der
Antisemitismus gediehen. Ein Biotop, in dem es weniger
um politisch zugespitzte Unvereinbarkeiten als vielmehr
eine folkloristisch ausgemalte, manchmal geradezu gemütlich angehauchte Geringschätzung der jüdischen, polnischen und ukrainischen Bürger Lembergs geht, einer
Stadt, der andererseits des Autors ganze Liebe gilt. Gerüche, Tonfälle, Ansichten, schmutzige und schöne Straßen: alles gehört zu Lemberg, alles ist sein Inbegriff. Es
ist schwer zu begreifen, daß unter dem Dünkel des Blicks
die Liebe nicht weicht. Der Blickende ist blind für seinen
eigenen Blick und liebt drauflos. So entgeht ihm die Ab-
schätzigkeit, so entgeht ihm die Möglichkeit einer eigenen Sprache.

*Auch der erste Angestellte war bereits eingetroffen, Leo Rappa-*
*port, der künftige Chef des Ladens (…). Rappaport, fünfzig-*

*jährig, mit schlauen Mandelaugen, war einer jener hochgewach-*
*senen, sich gebückt haltenden Juden, die weich und kraftlos wir-*
*ken, aber bis ins vorgerückte Alter schlank und agil bleiben.*

So spricht er:

*Ä Plan muß vernünftig sein! Als ich noch war gewesen in Tar-*
*now, hab' ich Taschen gesteppt. Ein Jahr, zwei Jahr, drei Jahr,*
*Rappaport – hab ach mer gesugt, Du mußt weg, sonst biste noch*
*in zwanzig Jahren an die Taschen! Nebbich hab ach mer gesugt...*

In diesem Ton, einer Art österreichisch-schlesisch un-
terwandertem Jiddisch, hat der Vater Witze erzählt, zum
Vergnügen der Töchter. Auch hier ist keine Gemeinheit
intendiert, sondern es wird, dem naturalistischen Erzählen verpflichtet, eine Art O-Ton erzeugt; die Wertungen –
*schlaue Mandelaugen* – sind organischer, integraler Teil der
Beschreibungen. Das ist das Gemeine – auch in der anderen Bedeutung des Worts: das ganz Gewöhnliche.

Der Onkel Theimer macht dem Neffen Vorwürfe, daß
er ohne jede Geschäftserfahrung (er weiß ja nicht, daß es
nur zur Tarnung der politischen Karriere dient) sofort eine
leitende Stellung beansprucht. Er fürchtet Verluste. Larisch erwidert:

*Du entsinnst Dich wohl schlecht? Wie war das in Berlin (...)*
*ich wußte schon damals sehr genau, was ich mit meinem Leben*
*machen wollte, – aber ich mußte zurück! – Wie hieß es? Wenn Du*
*nicht kommst, sind die Staatsaufträge passé und in die Fabrik*
*setzen sie uns prompt einen Polen.*

Das Gespräch geht weiter, dreht sich um die Lemberger
Filiale, Larisch will nicht nach Bielitz, sondern in Lemberg
bleiben. Er ist froh über Rappaports Geschäftserfahrung.

*«Gut das Rappaport da ist».*

*«Das ist es eben nicht! – Aber wenn Du Dich auf Lemberg ka-
prizierst, muß ich ihn dazugeben – einer muß ja was verstehen, ni
wahr – er lachte trocken auf, «aber gut ist es nicht. Beim nächsten
Judenprogrom schmeißen sie uns den Laden ein, paß' auf, was
ich Dir sag!»*

Die Herzlosigkeit, mit der einerseits der jüdische Ge-
schäftssinn gelobt und ausgenutzt wird und andererseits
die Folgen des Judenhasses im nüchternen Schadenskal-
kül veranschlagt werden, ist so groß, weil trotz allem das
Register der Gemütlichkeit gezogen bleibt, Neffe und
Onkel fallen immer stärker in den Bielitzer Dialekt, man
ist zu Hause, und hier gehören ein wenig Chauvinismus,
ein wenig Rührseligkeit und ein wenig galizische Folklore
zum Heimatgefühl, zum regionalen Eintopf.

Larisch ist geradezu besoffen von der Aussicht auf
kommende Größe, er wird zum Dreiviertel-Mystiker:

*Er begriff mit einem Male, warum es so leicht fiel, von Za-
remba zu gehen. – Auf einmal wußte er es.*

*Die grobe Schicht war durchstoßen, die Erde, der Himmel,
das Meer. – Wir leben dahinter und delektieren uns an eiskalten
Abstraktionen, ein ziseliertes Spiel mit Modellwelten in der
Leere. Andere kommen und greifen danach, pressen die Natur
hinein in die Modelle (...) Warum nicht das Leben? – Warum eigentlich nicht das Leben! – Ich werde das wagen und gebe das Leben in die Räume meiner Wahl. – Auf einmal Klarheit! –*

Und wenig später fügt der Erzähler aus dem Off hinzu:

*Es ist schwer, kein politisches Buch zu schreiben.*

*Es ist schwer, denn der Raum ist nicht mehr, die Zeit ist nicht mehr. – Der eiserne Besen hat so gründlich darüberhingefegt, daß nicht einmal die großen Steine aufeinander blieben.*

Ich vermute, daß damit gemeint ist, daß Oberschlesien und Galizien seit dem Ende des Ersten Weltkrieges polnisch waren, und tatsächlich legt der Erzähler wenig später die Metaphern beiseite und wird explizit:

*Österreich-Ungarn war tot, und ein großes, ehedem deutsch beeinflußtes Gebiet änderte seine politische Struktur über Nacht. Ähnliche Veränderungen spielten sich ab zwischen Memel und Schlesien. Millionen waren davon betroffen. Gewohnt, einem Volke anzugehören, das durch Jahrhunderte Handlung trug, fanden sie sich plötzlich in einer entmachteten, den Bestand bedrohenden Situation. Sie fügten sich nicht, vor allem die Jugend nicht!*

*Sie wuchs heran, wie noch jede Jugend und wartete auf das Leben, auf das sich weit öffnende Tor.*

*Das Tor blieb zu.*

*Statt dessen schossen Mauern hoch, überall, die sich nicht überschreiten ließen, es sei denn für den Preis, daß man sich aufgäbe, um einem erbärmlichen Renegatentum zu leben.*

*Mit einem Male konnten Söhne die Berufe ihrer Väter nicht mehr ergreifen. Soldat, Staatsdiener – abgeschnitten und vorbei.*

*Das lastete und sie begannen zu suchen. (…) Nur ein Narr wird glauben, daß es anders ist, und das Söhne eines Volkes, dessen Substanz man bedroht, lammfromm die Nacken hinhalten. Jedes Volk ist von Gott! Und um sein Volk kämpft man!*

*Aber wie?!*

*So lautete die Frage!*

*Und wie soll ich leben? –*

*Antworten gab es viele. Mutige, feige, von Achselzucken bis zur*
*Grausamkeit.*

*Larischs Antwort war von besonderer Art.*

*Der Enge auszuweichen, in die er sich nicht bescheiden konnte,*
*floh er in die Abstraktion, die ihm gestattete, sich die Metrik für*
*sein Leben frei zu wählen.*

*Es ging nicht um ein moralische Problem, es ging einzig und*
*allein um die Taktik des sich Verhaltens gegenüber einem*
*Zwang (...)*

Larischs Munition, die Munition einer Generation zwischen den Kriegen. Ressentiment, Herrschaftsansprüche,
Zurücksetzung. Eine hochexplosive Mischung. Die Zwek-
ke sind wichtig, die Tauglichkeit der Mittel mißt sich ausschließlich an ihrer Effizienz. Protokoll einer gelungenen
Indoktrination.

Die Kränkung ist kollektiv, das entbindet von einem
individuell zu vertretenden moralischen Handeln und verpflichtet zum Wiedergewinn der Macht um jeden Preis.
Deutschsein heißt zu handeln, nicht, behandelt zu werden. Auf Spaziergängen durch das Rotlichtviertel Lembergs, durch seine Parks und Friedhöfe, erlebt Larisch in
geradezu ekstatischer Verzückung (die Ausrufungszeichen nehmen inflationär zu) die Höhenflüge zukünftiger
Macht. Aus den Kneipen, an denen er vorbeigeht, dringen
*Liederfetzen*:

*Hej siup Marysiu choc i buzi daj...*[Hopp, gib der Maria
wenigstens ein Küßchen ...]

Ich lese und erkenne: Das ist das Lied, das meine Zwillingsschwester und ich im ersten Schuljahr der versam-

melten Klasse vorgetragen haben, während sich die Klassenlehrerin – die Polnisch sprach – vor Lachen krümmte! Wir standen mit Hohlkreuz und rot-weiß-gewürfelten Kleidern und sangen aus vollem Hals, ahnungslos. Wir wußten nur, daß die ersten Worte des Lieds auf deutsch «meine Mutter schlägt mich» bedeuteten; das Schweinische hatte uns der Vater nicht übersetzt – und die Lehrerin auch nicht. Kaiser-Wilhelm-Grundschule. «Singt ein Lied, das euch gefällt.» Die Schlaflieder, die wir abends mit der Mutter sangen, kamen wegen der Tageszeit nicht in Frage. Also sangen wir das Gute-Laune-Lied. Der Vater schmetterte es, wie *Krambambouli*, wenn Bundesbrüder zu Besuch waren. Alles, was polnisch war, rührte ihn. Deshalb strahlte das Polnische für mich als Kind eine Wärme, eine Kraft aus (eben die, den Vater froh zu machen), für die ich es erleichtert und unwissend liebte. Larischs Überheblichkeit, die sich aus der Verachtung für die Vergnügungen des niederen (also polnischen) Volkes speist, ist für mich der Verrat an der rettenden Energie, die das Polnische der Familie immer spendete – obwohl der Vater der einzige war, der es beherrschte. Sein Klang versöhnte und besänftigte ihn. Das Land, in dem es nun allgemein gesprochen wurde, blieb ihm näher als das Land, in dem man allgemein Deutsch sprach – war es so? Dort gab es klare Hierarchien, hier hing es vom Geld ab, das man verdiente, und von dem, was man sich leisten konnte. Deutscher zu sein war in Verruf geraten, deutscher Konsument zu sein dagegen nicht im geringsten anrüchig. Im Klang des Polnischen war also paradoxerweise der Wahn einer deutschen Überlegenheit konserviert, die so lange unbestreitbar war, wie das andere denselben intimen Lebensraum – Speisen, Gebräuche, Dialekt, Landschaft – teilte. Dieses Miteinander gab seiner Identität die erwünschten Konturen.

Larisch, in Erwartung Heudens, geht nur ungern zu einem Empfang seines ehemaligen Professors Zaremba. Er überlegt:

*Tausende werden die Zeit sinnvoller nützen. (...) Tanzen werden sie des Abends und sich küssen. Welt der Triebe, Welt der Lust. – Wie herrlich primitiv! Das ist echt. Im Café de la Paix werden Juden Schach spielen: wer verliert bezahlt (...), werden sich zurufen, daß Malaga gefallen sei. Czy Pan już słyszał, Panie Silberbusch, Malaga wzięta! Sie wittern Drohendes, die Juden, und das ist echt.*

Ein Tableaux, Mitte der dreißiger Jahre, Schachspielen im Café des Friedens, Konversation. Der junge Larisch findet nichts dabei, daß den Juden Drohendes bevorsteht, immerhin wittern sie es, so gute Nasen sind normalerweise Tieren vorbehalten, und es ist, im Unterschied zu allerhand Frivolitäten, nach denen Larisch der Sinn seit seiner Berufung zu Höherem nicht mehr steht, echt. *Wer verliert, zahlt*, und die Juden müssen als ewige Verlierer mit ihrer Vernichtung rechnen, immer schon gab es Jäger und Beute: eine anthropologische Konstante. Larisch ist, was ihn, den Deutschen betrifft, ein sentimentaler, was die anderen betrifft, ein abgebrühter Ethnologe im *melting pot* Lembergs. Er hat nichts gegen Juden (sein Verfasser ebensowenig, unter den geschätzten Lemberger Professoren sind zahlreiche Juden), er fühlt sich wohl in Rappaports Gesellschaft und schätzt dessen Kompetenz, überhaupt sie gehören dazu, zum Flair, zu der Atmosphäre, zum Lokalkolorit, ebenso die Polen und die Ukrainer, die Huren und die Herrenmenschen – das ändert aber nichts daran, daß jedes Volk sein Schicksal hat. Larisch ist ja auch nicht frei, außer im Rausch der Mathematik, sondern hat einen Volkskörper, der nach zwanzigjähriger Knechtschaft unter den Polen nun sein Recht verlangt. Heudens Ankunft bedeutet *Aufstieg und Völkerfrühling.* Auch manche Polen beneiden Deutschland um seinen Hitler, und unter den Ukrainern gibt es zahlreiche Kollaborateure. Antisemitismus und Antikommunismus einen.

Aber bevor Heuden Lemberg erreicht, muß Larisch noch am Empfang im Haus Zaremba teilnehmen. Um Mitternacht

*war die Szenerie völlig verändert. Es gehörte zur Zarembaschen Tradition, auch an solchen Abenden eine halbe Stunde Mathematik einzulegen. (...) Die ‹blaue Stunde› hieß sie, weil er sie, genau wie auf der Universität, nie ohne seine blaue Mappe bestritt.*

Blaue Stunde! Also keine mit Rauch, Tiraden und Vorwürfen beladene Luft, sondern ein Herrenabend zwischen Bridge und Mathematik.

*Man saß im Klubzimmer und die Luft trug gleichmütig zwei abstrakte Sprachen. Die reine, klare der Mathematik, erhabenes Mittel des Geistes und die Signale des Spiels zwei Pik, drei Coeur – liebenswerte Flucht ins Reich der figuralen Kombinationen.*

Bevor Larisch erneut in eine beinah mystische Entrückung – Machtphantasien und Mathematik schaffen das – fällt, räsoniert er über Gäste und ihre Bestimmung: *Surowy, der Jurist, war nicht so schlecht am Platze, wie man hätte annehmen können. Die Sprache der Karten verstand er, und das Glasperlenspiel der gesprochenen Zeichen witterte er intuitiv. Da gab es Verbindungen. Tausende von Menschen und ihr Auflösen in Verwaltungsnummern. Indexfragen und Kategorien. Das Problem der Wiederhervorziehung des Menschen – ein Hiobsproblem.*

Ich stutze. Im Tagebuch taucht das Wort *Hiobsfehler* auf, im Zusammenhang mit der Vorbereitung einer Rede für den *Block der Heimatvertriebenen und Entrechteten*; *deutsche Fehler, Hiobsfehler* heißt es da. Wird hier das, was den Juden zustößt (die Niederschrift der Erzählung erfolgt ja Mitte der vierziger Jahre), verglichen mit dem, was dem alttestamentarischen Hiob widerfährt: *Siehe, selig ist der Mensch, den Gott straft; darum weigere dich der Züchtigung des Allmächtigen nicht.* Warum sind dann aber in einer späteren Einschätzung die deutschen Fehler (sich über den verlorenen Krieg zu beklagen) Hiobsfehler? Der Jurist am Bridgetisch bringt nicht die geringste Klarheit in diese Bürokratensprache, die wie auf Stelzen geht. *Wiederhervorziehung* – ist das die Erkenntnis, das jenseits von kaltblütigen *Verwaltungsnummern* alle Menschen Menschen sind?

Der Jurist macht sich vielmehr erst einmal Gedanken, die ihn selbst betreffen:

*So wirkte sich die Randsituation zur Mathematik, in der er sich augenblicklich befand, wohltuend aus. Er schöpfte Impulse*

*ethischen Charakters und bedachte ganz allgemein seine Lage. Er*
*war aus der Wirtschaft gekommen, ein Warschauer Protektor mit*
*langem Arm lanzierte ihn in die Verwaltung; noch ein, zwei Jahre*
*Sambrowa und es trug ihn weiter nach oben.*

Im Ungefähren, Technokratischen dieser Sprache liegt
eine große Zerstörungskraft. Sie erlaubt, alles als abstrak-
ten Vorgang in Analogie zu den exakten Wissenschaften
zu betrachten. Oder zum Spiel, als Spiel. Wie Larisch, der,
von der Mystik der Blauen Stunde aufgeheizt, eine kurze
erotische Begegnung mit Irena gleichsam en passant mit-
nimmt und dann nachsinnt:

*Hier in der Dunkelheit des einsamen Zimmers (…) stieg in*
*ihm zum ersten Mal die Ahnung auf, daß es schwer sein dürfte,*
*das Leben in bunte Schachteln zu packen, die man auswechseln*
*könne nach billigem Belieben.*

*Er wollte aber über diese Hauptfrage nicht nachdenken (…),*
*und so fügte es sich sehr natürlich (…), daß er jenes Reich auf-*
*suchte, das bloß das entdramatisierte Korrelat des wirklichen Le-*
*bens darstellt.. Das Licht winkte ja, und er landete am Spieltisch.*

Und dann folgt eine Passage, bei deren Lesen mir das
Bild des Mainzer Wohnzimmers hochstieg, der Vater im
sogenannten Fernsehsessel, den Aschenbecher in Reichweite, zurück vom Bridgespielen, die Töchter mit den
Augen auf dem Bildschirm, anwesend abwesend:

*Die Russocka (…) spielte in der Gegenbrücke. Das war sym-*
*pathisch. Sein Partner war Jeremowicz. Schon die zweite Runde*
*brachte ihm ein starkes Blatt; er hatte gegeben und bot sogleich ein*
*Forcing. Jeremovicz signalisierte Coeur, auch auf die folgende*
*Schlemm-Provokation sprach er an. Auf 7 Pik von Jeremovicz*

*antwortete Larisch mit 7 sans atout, ein Fehler wie sich sogleich*
*herausstellte. Der Tisch brachte ein Single Coeur. (...) Kein*
*System der Sicherheit, reines Hazard; das Spiel begann, die Kar-*
*ten fielen zum ersten Stich. Larisch sah nur seinen Plan (...).*
*Erst als Wielosch den Longer Pik nicht länger bediente, beachtete*
*er die Abwurfsignale, und nach dem siebten Stich formte sich*
*traumhafte Sicherheit. (...) Vorsichtig eliminierte er in den näch-*
*sten zwei Stichen und setzte an zum Grand Coup.*

Und gewinnt. *Forcing, Schlemm, Grand Coup* – ich erinnere mich an diese Begriffe, die wie Meteoriten im Wohnzimmer einschlugen, aus einer nicht nachvollziehbaren
Ferne namens Wiesbaden kamen. Keine von uns nahm je
einen solchen Stein in die Hand und fragte: Was soll das?
Was heißt das? Was ist das für ein Spiel? Raumspiel, Spielraum? Wir schwiegen, Blicke versiegelt.

Im *entdramatisierten Korrelat* des Lebens, dem Spiel,
gibt es genug Spannung und Aufregung für ein Drama –
aber keine Toten; das Bridgespielen ist in der Jugend der
strategische Trockenschwimmkurs für die höheren Aufgaben der nahen Zukunft. Im Alter wurde es zum Ersatz
für Zukunft. Vielleicht blieb für R.L. im Spiel immer noch
die Energie bewahrt, die den jungen Larisch und seinen
Autor so sehr berauschte, daß sie sich gerüstet fühlen
konnten. Nach den Bridgeabenden, wieder zu Hause,
mußte durch genauen Nachvollzug der Spielzüge – eine
Beschwörung geradezu – verhindert werden, daß die Zuversicht, die der *magister ludi* durch Taktik erzwang, sich
gleich wieder verflüchtigten konnte: die Töchter (wie vorher die Leser) zu Zeugen.

Im Lemberg der dreißiger Jahre waren aus Larischs und R.L.s Sicht die Verheißungen der Taktik, wie sie beim Bridgespielen zum Zuge kamen, durchaus noch auf die Politik – als Spiel um die Macht – zu übertragen. Als Heuden im D-Zug sitzt und auf Lemberg zufährt, überläßt er sich ganz seinen hochgemuten Aussichten:

*In seinen Phantasien spielte Larisch eine genau festgelegte Rolle, und die Machtträume münden stets in die gleiche Situation: Samt seiner Suite verläßt er den Wagen und schreitet über Stufen auf ein von Säulen getragenes Palais zu. Drei Schritte hinter ihm Larisch, groß, repräsentativ, im Ulster mit Homburg, unterm Arm eine knallgelbe Mappe, während er sich selbst im Lodenmantel, in Stiefeln und Filzhut sieht, rafiniert unauffällig, und – stets dasselbe: eine wogende, sich teilende Menge, Absperrketten, Schreie, Fluidum der Macht…*

*(…) Zusammengekauert saß er da, fragil, zart, ganz Kopf und Hirn. Das Profil kraß abgezeichnet vor dem hellen Fenster, sprungbereiter Wille hinter Augen und Mund, trug er die «Neue Deutsche Partei» nach Osten.*

Heudens Phantasien sind gewiß nicht besonders originell, Standardzutaten werden zu einem Standardrezept verrührt. Auffallend, verstörend ist die Distanzlosigkeit des Erzählers zu diesen *Machtträumen* und den Bildern, deren sie sich bedienen. Erneut ist die Pose wichtiger als die Politik, die Bildverliebtheit größer als die Programmschärfe. Gestutzt habe ich nur bei der *knallgelben Mappe*, hat die Farbe etwas zu bedeuten? Ein Detail wie aus einem Handbuch für Vertreter: tragt knallgelbe Mappen, und die Leute kaufen euch die Haut ab. Heudens Physis und Physiognomie erinnern mehr an Goebbels als an einen Ideal-Arier, zum Ausgleich erhält Larisch Größe und Repräsentanz. Dieses Paar macht sich nun an die Arbeit.

*Heuden war nun in Lemberg, und Larisch war nicht in die Mickiewicza gegangen* [wo Irena wohnt], *auch angerufen hatte er nicht. Die Idee der separaten Räume erwies sich als stärker. Der Raum Irenens, das fühlte er dumpf, war nicht separabel, (…) er würde sein Leben durchtränken.*

Larischs Konzept der separaten Räume ist vielleicht ein Schlüssel zur Klärung der Frage, warum eine so gewaltige Enthemmung wie die des Zweiten Weltkrieges möglich und durchführbar wurde. Wenn man Kopf und Körper, Gefühle und Intellekt als distinkte Parzellen sieht, die auf unterschiedliche Impulse reagieren, unterschiedlichen Einschätzungen und Gesetzen gehorchen, wenn man also ihre, im Humanismus beschworene und gefeierte, Einheit auflöst, dann können auch die sozialen und moralischen Kontrollinstanzen, die mit einem ganzheitlichen Menschenbild einhergehen, nicht mehr greifen. Würde Larisch seiner Liebe zu Irena nachgeben, sie ausleben und hegen, wäre er als Machtmotor und zweckorientierter Pragmatiker für die Jungdeutschen nicht mehr brauchbar. Nicht einmal ein Doppelleben braucht er zu führen, jung, wie er ist, das müssen nur diejenigen, die sich bereits eine bürgerliche Existenz aufgebaut haben, die bestimmten sozialen und moralischen Übereinkünften genügen muß. Larisch muß nur eine gewisse Askese – also Beschränkung auf einen Raum – üben, was ja

expressionistisch-mystisches Schwärmen für Zahlen-
spiele, als Ersatz für die echte Ekstase, nicht ausschließt.

Die ‹Neue Deutsche Partei› hat in Galizien viel vor,
außer Larisch arbeiten noch ein gewisser Klöbing und ein
gewisser Blei für Heuden.

*Den wichtigsten Dienst erwies Klöbing. Er brachte einen Plan.
(…) Die bestehenden Organisationen, die das Deutschtum Gali-
ziens vertraten, es gegen das slavische Außen abschirmten und
schützten sollten, waren nicht ausreichend, waren zu schwach.*

*(…) Er riet, ab sofort Lehrlingsheime zu errichten, daß der Über-
schuß der deutschen Landjugend – die zweiten und dritten Bau-
ernsöhne und Töchter, die der Hof nicht halten konnte, gingen seit
zwei Generationen im Sog der slavischen Städte verloren – in
deutsche Zentren von Handwerk und Industrie gelenkt würde.*

*(…) Die Nachgeborenen assimilierten sich im fremden Milieu.
Jakob wurde geopfert, um Esau zu retten. – Eine grausame
Alternative. Krach- schlug eine Faust auf den Tisch, eine grobe
Faust, rötlich behaart: «Solange es keinen deutschen Knecht, so-
lange es keine deutsche Magd gibt in Galizien – Krach, schlug die
Faust auf den Tisch – sind wir Herren. Lieber 60 000 Herren auf
eigenem Grund, als das dreifache an Proletariat.»*

Es spricht sich herum, und immer mehr Familien behalten ihre Söhne zu Hause, statt sie in die Lehre zu Polen
zu schicken. Es kommt zum Eklat, der Lehrer Weißgerber – aus dem deutschen Dorf Hartfeld – hatte den Mund
ein wenig zu voll genommen und den Eltern das Wün-
schenswerte bereits als Tatsache hingestellt. *Die Starostei
griff sich Weißgerber*, liest man. *Die Starostei:* ein polnisches
Wort für Dorfvorsteher oder Kreishauptmann, Ingrediens

(wenn auch nur bürokratisches) dieses historisch gewachsenen Zusammenlebens, zuletzt sehr unguten Zusammenlebens, das dennoch – bis tief in die Sprache – seine eigenen Spuren hinterläßt und für alle, Larisch und Heuden eingeschlossen, die Würze ist, die ihre Heimat kenntlich macht. Hier kennt man sich aus, hier versteht es sich von allein, wer zu verachten, wer zu schätzen ist. Das ist, bei aller machtträchtiger Zukunft, sehr behaglich.

Larisch kann Heuden nicht auf seiner Reise in den Krisenherd Hartfeld begleiten, denn er muß für seinen Onkel Theimer Firmenbesuche bei den Rosenzweigs und Birnbaums unternehmen. Beide Familien wohnen in *derselben schmutzigen Straße.*

*Der Besuch bei Rosenberg* [dem Autor ist wohl gar nicht aufgefallen, daß der Name nicht beibehalten wird] *wickelte sich rasch ab. Larisch wurde erwartet. «Mameleben geh Du,» fistelte der erkältete Rosenberg vom Bett aus, und Mameleben, nicht mehr die Jüngste, watschelte mit Larisch in den Laden. (…) Mit dicken, roten, verschwollen wirkenden Fingern, wie man sie bei älteren Jüdinnen häufig antrifft, blätterte und tupfte sie im Theimerschen Katalog. «Was for ä grelles Grijn, da, sehn Se –, Jach wiß nich …»*

*(…) Dann gab es Gemauschel, Gesummse, Getue, alles im Singsang des Gettho, auch Larisch, genau so wie Theimer, von dem er es hatte. (So muß man reden mit die Juden, verstehst…)*

Ich meine beim Lesen zu spüren, daß der Autor mit einer gewissen Zufriedenheit diese Milieustudie wirklichkeitsgetreu nachempfunden fand, *fistelte, watschelte, Gesummse, Singsang,* alles sehr anschaulich, mit einer Liebe

zum Detail gezeichnet. Das Herabwürdigende, Tenden-
ziöse wird hier, ebenso wie in den anderen Passagen, die
von Begegnungen mit jüdischen Geschäftsleuten berichten, mit gruseliger Nonchalance als Geschmacksverstär-
ker eingesetzt.

Der Besuch bei den Birnbaums ist für Larisch nicht
ganz so leicht zu absolvieren. Denn sie verstehen sich,
nicht anders als er selbst, als Teil der deutschen Kultur, als
Anwärter auf eine bessere Zukunft.

*Größeren Umstand gab es bei den Birnbaums. Nach dem
Geschäftlichen mußte er partout in die Wohnung.– Wo der Herr
so weit gefahren sind, auf eine Kleinigkeit nur, ist's gefällig. –
Man schob ihn, man zerrte, links der Mann, rechts die Frau –, er
mußte. «So leben wir, bittäschön, bescheiden, wie Sie sehn, aber
nicht bloß fors Geschäft.» – Auf dem Schrank stand der Brockhaus. – Birnbaum setzte ein listig-pfiffiges Gesicht auf, sog die
Luft ein im pfeifendem Ton und wiegte den Kopf. «Wir haben
einen sehr gescheiten Rabbiner – tz, sehr gebildet –, müssen Sie
wissen, man kann nicht leben, wenn man nur sieht auf den Rebbach.» Er war stolz auf den Brockhaus, die dajtsche Kultur.
«Der Jingl geht aufs Gymnasium, die Cure auch. Besser sollen
sie's haben ämal, wie die armen Eltern.»*

Larisch entgeht auch das Klavier nicht, daß in der Ecke
des Wohnraums steht; er ist verwirrt.

*Larisch, ein eigentümliches Singen im Ohr, die Glieder
schwer – jüdisches Milieu legte sich, woher kam das bloß, wie süßliche Lähmung über seine gesamte Physis –, Larisch nahm Platz,
nahm gerne Platz, plötzlich aufgekommenen Teedurst ver-
spürend (…)*

Vermutlich ist es diese *süßliche Lähmung*, die ihn so empfänglich macht für die Reize der halbwüchsigen Rebekka, die nebst dem jüngeren Bruder Siegfried (!) nun erscheint, um dem Gast etwas vorzuspielen. Rebekka, *hochschießend, mit weichen, samtenen Augen*, zieht den jungen Larisch in ihren Bann.

*Sie saß ganz lässig, den Kopf im Plüsch mit springenden Lippen, die Beine wohlig vorgestreckt – lange, noch schlacksige Beine – (wie Elfenbein müssen die sein), und offene Knie –, ein Kind, daß keins mehr ist, aber noch nicht darum weiß. Und sie sah ihn an: so unverhohlen, so unerhört offen, so unmittelbar stark, daß kein Lampenschein dagegen ankam.*

Die kleine Lolita bewirkt eine nur vorübergehende Intoxikation; derlei Erlebnisse sind für Larisch kein Grund, eine grundsätzliche Revision vorzunehmen. Die Veränderungen sind mechanischer und vorübergehender Natur und lösen weder psychische noch mentale Prozesse der Verwandlung aus. Das Wohlige und – in diesem Fall Erotische – liegt vermutlich gerade in dem leicht Zwiespältigen, das jede Begegnung mit Juden charakterisiert. Sie sind fremd (und sollen es bleiben) und vertraut zugleich. Sie sind – und das ist das Entscheidende – unverzichtbarer Teil des Atmosphärischen, ohne das kein Heimatgefühl auskommt. Larisch genießt sein Bescheidwissen. Er kennt den Tonfall, die Gebräuche, die Vorurteile. Er nimmt sie hin wie eine Landschaft, die man sich einprägt.

Zum Abschied erhält Larisch von den Birnbaums einen grauen Seidenschal; als er ihn bezahlen will, wehrt Birnbaum empört ab. *Mit einem Griff zog sich Larisch seinen roten*

*Schal vom Hals und legte ihn Rebekka um die Schultern. Da war*
*es wieder, das samtene Glimmen, aufzuckend, gleich vorbei, und*
*schnelles Vibrieren spielte über den feuchten Mund.*

Spielraum: Nehmen wir einmal das Unwahrscheinlichste an: Rebekka, die eigentlich Ilse heißt, hat den Krieg
überlebt, wandert nach der Staatsgründung Israels dorthin
aus. Über Irena, die eigentlich Renata heißt («er küßt
gut», hatte die über den Studenten gesagt, «aber er muß
noch so viel lernen außer Polnisch»), erhält sie ein handschriftliches Manuskript, liest. Ja, sie erinnert sich. Es gab
da einen jungen, deutschen Mathematiker, der bei ihnen
zu Hause eines Nachmittags aufwartete, augenscheinlich
vom Vater dazu eingeladen. Ilse ist die Tochter von Leopold Infeld, Professor für Physik an der Johann-Kasimir-
Universität, knapp vierzehn war sie damals. Mit dem roten Schal, das stimmt, aber alles andere! Sie hatte keine
offenen Knie, keinen feuchten Mund, keine springenden
Lippen. Nur einen Bruder Siegfried. Sie saß bei dem Gespräch dabei, an dem Tisch, auf dem – auch das stimmt –
Tee und Gebäck bereitstanden, hörte zu, mischte sich
ein. Sherry irgendwann, an dem sie nippte, steigende
Wohligkeit. Daß er sie zu einer Birnbaum gemacht hatte!
Dajtsch! Der Student, Rudi, hatte ihr gefallen, beinah
mädchenhaft zart, er sah nicht aus wie einundzwanzig,
man sprach über das Theater, mal deutsch, mal polnisch,
Einverständnis. Sie hatte sich unter ihresgleichen gefühlt,
die Schlagfertigkeit genossen, das *Frotzeln. Rebbach!* Von
wegen. Als sie jetzt, Jahrzehnte später, vom Leben mürbe
und müde, liest, wie der junge Mathematiker und Schrift

steller in spe sie damals seinen Zwecken gemäß umge-
deutet hat, ist sie hell empört. Und entzieht dem in ir-
gendeiner Ferne Verschollenen ihr Wohlwollen. Er hatte
einen Mund, sensibel, ironisch, immer kurz vor dem
Lächeln und doch ernst – dem hatte sie getraut. Das war
ein Fehler, sie würde sich fortan nicht mehr an ihn erinnern, an diesen Larisch-Rudi-Verschnitt. Es gibt für solche Fälle die *Delete*-Taste beim Computer, die will sie
drücken. Gelöscht. Wenn er überhaupt noch lebt. Der rote
Schal war ein Pfand – auf nichts, wie sich jetzt heraus-
stellt. Hier ist es zehn Monate im Jahr warm. Man braucht
wirklich keinen Schal. Und jener hat die Ausreise sowieso
nicht geschafft. Aber behalten hätte sie ihn, wenn aus
Rudi nicht Larisch geworden wäre, sein Versprechen von
Wärme hätte sie behalten.

Mit dem zurückgekehrten Heuden macht Larisch sich
schließlich auf den Weg über Hartfeld nach Sambrowa, sie
übernachten bei einem Bauern.

*Es ist etwas Eigenes um die in alle Welt verstreuten deutschen*
*Dörfer. Sie wirken vertraut, und sind doch so gottverlassen ein-*
*sam. – An der Wand hing ein Bild vom josephinischen Treck,*
*darunter ein Spruch:*

*Der erste findet den Tod,*
*der zweite hat Not,*
*Und der dritte erst Brot. –*
*Und der vierte und fünfte und der da und ich –, dachte Larisch.*

Die Mission hat gerade erst begonnen, die Erzählung
endet. Während R.L. sie schreibt, ist die Erde längst blut-

rot, der weiße Schnee der Unschuld ist aus Kunst – aber der falschen. Tippex.

Dem Tagebuch, das R.L. nach dem Krieg in den Jahren 1949/50 führt, steht das Zitat voran, das diesem Kapitel seinen Titel gab. Es stammt aus dem Brief des Jakobus im Neuen Testament:

*Seid aber Täter des Worts und nicht Hörer allein, wodurch ihr euch selbst betrüget. Denn so jemand ist ein Hörer des Worts und nicht ein Täter, der ist gleich einem Mann, der sein leiblich Angesicht im Spiegel beschaut. Denn nachdem er sich beschaut hat, geht er davon und vergißt von Stund an, wie er gestaltet war. Wer aber durchschaut in das vollkommene Gesetz der Freiheit und darin beharrt und ist nicht ein vergeßlicher Hörer, sondern ein Täter, der wird selig sein in seiner Tat.*

Hätte er doch das selbstgewählte Motto ernster genommen – dann hätte er zugeben können, daß es nicht um Ansicht und Ansehen geht bei dem Blick in den Spiegel, sondern um Einsicht. Auch darin, daß das Schreiben ein solcher Spiegel ist; ein Spiegel, der erblindet, wenn man seine Reflexion verkennt.

Wer nur Hörer des Worts ist, bleibt abhängig von Diktaten. Und Taten, die daraus folgen, machen nicht *selig* – wir haben es, du hast es erfahren.

Vielleicht ist es gut, daß es ungeschrieben blieb, das Buch – und daß es an seiner Stelle einige wenige, wie aus einem Schwarm ausgebrochene Sätze gibt, ohne Auftrag, ohne Last. Die leuchten und zeigen, was hätte werden können. Dieser zum Beispiel:

*Wir sind unruhig geworden und reisen viel.*

*Mimosen*

Der 18. Februar 2003 ist ein sonniger Tag, vom Frühling
ausgeliehen. Es wäre der neunzigste Geburtstag gewesen.
Mit einem Strauß Mimosen in der Hand spaziere ich ziel-
los zwischen den Gräbern des Alten Friedhofs in Mainz,
lasse mir Zeit, lese Grabinschriften, Namen, Lebens-
daten. So einleuchtend in ihrer Abgeschlossenheit. Der
Urnenfriedhof grenzt an den Alten Jüdischen Friedhof,
efeuberankt die Stämme der Linden und Platanen, die
Steine moosig und verwittert, die Inschriften kaum lesbar.
Dennoch auf vielen Gräbern hoffnungsfrohe Botschaften
auf hellem Papier, mit Steinchen beschwert. Ein stiller
Park mit hohen Bäumen, in deren Wipfeln Misteln schau-
keln, immergrün, triumphierend. Ich wünsche mir, daß
unter den Toten eine bessere, andere Nachbarschaft entstanden sein möge als zu Lebzeiten, zweifle gleichzeitig
am Sinn solcher Wünsche und verdächtige mich, ihnen
auf den sentimentalen Leim gegangen zu sein. Dennoch
habe ich einen kleinen Wunschzettel in der Hand; ich
werde ihn auf sein Grab legen.

Ein früher Specht nagelt sein Morsealphabet in einen
Stamm, kein Wort verstehe ich und versuche, ihn ausfin-
dig zu machen. Ich werde ganz begierig, als hinge etwas
davon ab, ihn zu sehen oder nicht. Das Hämmern klingt
nah, in meiner Überspanntheit kommt es mir sogar vor, als

klopfe es synchron zu meinem Herzschlag. Die kahlen Bäume verstecken nichts, dennoch kann ich ihn nicht entdecken. Vom Hochstarren schmerzt der Nacken; genarrt fühle ich mich – aber der Specht bleibt unsichtbar, eine nur akustische Gewißheit.

Die Mimosen haben pelzige Köpfchen, wie von feinem Staub überzogen. Daß eine so zarte Pflanze dem Frost trotzt. Mimosen waren seine Lieblingsblumen, ich muß lachen, als mir die *knallgelbe Mappe* einfällt: Waren es seine Lieblingsblumen, weil sie knallgelb sind? Werthers gelbe Weste? Wahrscheinlich muß man hinnehmen, daß es mit vielem einfach keine besondere Bewandtnis hat. Es gibt kapriziöse Vorlieben, die sich selbst genügen. Ich bin mir auch nicht sicher, ob es tatsächlich seine Lieblingsblumen waren, nicht im klaren, ob er je gesagt hat, «ich liebe Mimosen, wegen ihrer Zartheit, ihres Knallgelbs, ihrer Zuversicht, im Februar mit solch einem Gelb anzutreten». Vielleicht entstand einfach irgendwann das Gerücht, daß dem Vater Mimosen, die um seinen Geburtstag herum in den Blumengeschäften auftauchten (wie die Kreppel in den Bäckereien) so sehr gefallen. Es ist immer ein schönes Gefühl, Bescheid zu wissen über die Neigungen und Abneigungen der Nächsten. Manchmal reicht es, sie zu behaupten; es spricht sich herum, schließlich wird jedes Jahr der entsprechende Strauß verschenkt, bis der Vater, gutwillig, sich die harmlose Unterstellung zu eigen macht – wenn er auch in Wirklichkeit nur Veilchen und Rosen auseinanderhalten konnte – und anfängt, Mimosen zu mögen. Der *Pé* liebt Mimosen.

Legenden machen den Anfang, Legenden bilden den Schluß.

Jede Familie erzeugt solche Legenden, kleinere oder größere literarische Zuschreibungen, welche die Verschiebungen im Innern der Konstellation regulieren. Sie speisen sich mehr oder weniger aus der Wirklichkeit. Bei uns waren sie nahezu fiktiv. Weil er so fremd blieb, lud der Vater dazu ein, ihm Vorlieben und Aversionen anzudichten, überhaupt ihm durch Zuschreibungen eine *Gestalt* mit festen Umrissen zu verleihen. So entstanden über die Jahre eigene Vaterlegenden, die sich durch Wiederholung zu einer lebenstauglichen Wahrheit verfestigten. Kein Wissen störte dabei. Nach meinem Vater gefragt, antwortete ich gewohnheitsmäßig, er sei Pole, aus der Nähe Krakaus – oder nannte Bielitz, das vom Anfang des 15. Jahrhunderts bis nach dem Ersten Weltkrieg eine deutsche Sprachinsel war, bei seinem polnischen Namen, Bielsko. Und im Krieg? Ich wich aus, nicht einmal die Geographie klar vor Augen, erwähnte Wien, die Versicherungsmathematik, die polnischen und jüdischen Freunde, die später, in Mainz, ein und aus gingen. Politisch? Aufgeschlossen, liberal, Sympathien für die 68er. Er wählte zwar, bis Willy Brandt kam, den er verehrte und dessen Ostpolitik er befürwortete, die F.D.P. – aber steckte das nicht in *liberal*? Die Manufaktur des Vaters war nicht wirklich schwierig, weil auch er selbst zuließ, daß sich Legenden verselbständigten. Sie enthielten so viel Möglichkeit.

Je ferner das Polnische rückte, um so mehr liebte er es.

Er sprach es fließend, hatte in Mainz nach dem Krieg noch Slawistik studiert, jeder, der polnisch sprach, vom Kellner bis zum Malerfreund A.P., war willkommen. Von den Czajas und Hupkas hielt er gar nichts. Sie waren ihm zu dumm. Wenn einer von ihnen auf dem Bildschirm erschien, wurde er zornig, verschluckte sich vor Ärger, schimpfte: Revanchisten, sollen erst einmal richtig Deutsch lernen. Schlag auf den Müllschlucker, Asche auf dem Revers. Die Anhänglichkeit zu den *Franken* blieb davon unberührt, zweimal im Jahr Verkleidung, Karneval, lustige Gespenster aus der Vergangenheit, alte Männer, die in Salzburger Ballsälen ihre alten Runden um junge Frauen drehten.

Die *separaten Räume* – sentimentales Festhalten am Vergangenen und pragmatisches Ablehnen des politisch Unvernünftigen – hatten Bestand, bis zuletzt.

Ich weiß nicht einmal, ob das Widersprüche sind oder Folgerichtigkeiten: Vielleicht lag in dem Zuschnitt, den die Töchter dem Vater gaben – aus Verlangen nach Nähe, nach einem Vorbild und aus Unwissenheit –, für ihn die Gelegenheit einer spielerischen Korrektur ohne ausdrückliche Kehrtwende. Er wurde in der Bundesrepublik nicht zum Reaktionär, weil ihm der Nationalsozialismus nur so lange ideologisch nah war, wie es ihm zum Vorteil gereichte. Nach dem Krieg hatte das Deutschsein nichts Auszeichnendes mehr – so widerstrebte ihm dessen politische Aufladung. Da er uns als Pole, als Kirchengegner, als aufgeschlossener Liberaler und Künstler(-freund) gegenübertrat (oder gegen diese Auslegung nichts unternahm), entband er uns vom Fragen, sich selbst vom Antworten.

*Das Schweigende ist so weit vorgeschritten.*

Seine gefühlte Nähe zu Polen, zu dessen Landschaft und Sprache hatte alles Politische abgeschüttelt. Die Gesellschaft interessierte ihn nicht, nur die Sinnlichkeit einer Vielvölkerkultur und einer Topographie, die er als die eigene empfand. Diese Liebe zu Polen füllte unser Haus für eine kurze – gute – Zeit mit interessanten, manchmal wunderlichen, manchmal mondänen Gästen: Durchzug! Ein offenes Haus, ein lautes Haus. Zum Staunen. Es waren jüdische Emigranten, die in Polen diskriminiert wurden, häufig ihre Arbeitsstellen verloren und in der Bundesrepublik hofften, ein neues Leben beginnen zu können. Was hätten sie getan, wenn sie gewußt hätten, daß R.L. in den entscheidenden Jahren der Ideologie anhing, die ihre totale Vernichtung verlangte? Hat er selbst darüber nachgedacht, gerätselt? War die herzliche Aufnahme der polnischen Freunde für ihn eine Form der Wiedergutmachung? Auch diese bleiben versäumte Fragen.

Unter den Besuchern gab es Andrzej, einen Arztsohn, einen anmutig-dunklen, hochaufgeschossenen Jungen mit zarten Händen, einem hinreißenden Akzent und dem Flair großer Erfahrenheit. Theorie des Küssens. Endlich auf polnisch.

R.L. dolmetschte für die Neuankömmlinge bei Behördengängen, beherbergte und unterstützte sie, bis sie eine Arbeit, eine Unterkunft gefunden hatten. Er lebte auf, die langen Mittagspausen wurden gekürzt, gesprächig war er und voller Tatendrang, das Telefon klingelte unaufhörlich. Lebenszeichen in Fülle. Jedes Problem war willkommen, denn diesmal gab es Lösungen – beschwipst vor Zuversicht.

Doch der Schwung verging rasch, stockte, anderes spülte wieder hoch, alles war getan, was tun, was nun. Küchentisch, darüber blauer Qualm, im Garten Kohlmeisen, von der Katze belauert – das sieht er. Die Müdigkeit ist groß.

Unwillkürlich muß ich lächeln: Die Engelsfiguren, die auf manchen Grabstätten den Tod durch Kitsch bekämpfen, erinnern mich an die Kampagne meines Vaters gegen Gartenzwerge. Er wartete die Dämmerung ab, kletterte, wenn die Gartentörchen versperrt waren, auch über Zäune und deckte die verhaßten Wichtel, Rehkitze und Laubfrösche mit Putzlappen ab. In seiner Nachbarschaft wollte er derlei spießiges Anzeigen gemütlich besessenen Eigentums nicht dulden. Es kollidierte mit dem Dr. phil. auf seinem Namensschild.

Auf vielen Gräbern liegen noch die Weihnachtsgestecke, die Nadeln bräunlich verfärbt. Ich bin froh über die Mimosen in meiner Hand. Farbe bekennen. In den Ländern, in denen die Mimosen wild wachsen, falten sich die Blätter tatsächlich bereits unter dem Luftzug der leichtesten Berührung ein, werden sekundenschnell schmal wie der Stengel, nun, in der Tarnung, sicher vor Nähe. Die in meiner Hand, entwurzelt, lassen sich alles gefallen.

Von einem Windstoß wird mir eine neue Richtung vorgeschrieben, und ich biege auf den schmalen, mit Platten ausgelegten Pfad ein, der zum Urnenfriedhof führt.

Auch mir gehört eine Legende: Als ich, zusammen mit der Zwillingsschwester, zwischen mit Rheinkieseln gefüllten Säcken unter der Infrarotlampe lag, Frühgeburt im Niederlahnsteiner Krankenhaus ohne Brutkasten, da sei er es gewesen, der mich gefüttert habe, ebenso habe er, zwei Monate später, nach unserem Einzug zu Hause, in der Nachtschicht mich übernommen, in seinen Schoß gebettet, den großen Glatzkopf in der Armbeuge – das machte er pantomimisch vor –, habe gestaunt über das häßliche Kind, dem Wimpern, Haare und Nägel fehlten. Grottenmolch, sagte er, du sahst aus wie ein Grottenmolch. Bei einem Ausflug von Kärnten nach Slowenien besuchten wir eine Tropfsteinhöhle; in den Tümpeln darin zeigte er mir die transparenten, nachtschattigen Molche und wiederholte: So hast du ausgesehen. Ich habe dich trotzdem gefüttert.

Im Grunde spielt es keine Rolle, ob es so war oder nicht. Es ist der Anfang einer Geschichte.

Ich stehe vor seinem Grab, lege die Mimosen auf die Tannenzweige, unter denen Märzenbecher hervorbrechen. Den Zettel dazu.

Dieses Buch hätte ohne ausführliche Recherche und Lektüre nicht entstehen können. Folgenden Werken, Darstellungen und Personen verdanke ich hilfreiche Einblicke, nützliche Informationen und wichtige Hinweise:

Gottfried Benn, Der Ptolemäer, Stuttgart 1988

Christopher Browning, Die Entfesselung der «Endlösung». Nationalsozialistische Judenpolitik 1939–1942. Aus dem Amerikanischen von Klaus-Dieter Schmidt, München 2003

Ernst Jünger, Strahlungen, Tübingen 1949

Ernst Klee, Das Personallexikon zum Dritten Reich. Wer war was vor und nach 1945, Ffm. 2003

Kriegstagebuch des Oberkommandos der Wehrmacht 1943–1945, hrsg. von Percy E. Schramm, München 1982

Helmut Lethen, Verhaltenslehren der Kälte. Lebensversuche zwischen den Kriegen, Ffm. 1994

Joachim Lilla, Statisten in Uniform. Die Mitglieder des Reichstags 1935–1945, Bonn 2004

Bogdan Musial, Deutsche Zivilverwaltung und Judenverfolgung im Generalgouvernement, Wiesbaden 1999

Dieter Pohl, Nationalsozialistische Judenverfolgung in Ostgalizien 1941–1944, München 1997

Verbrechen der Wehrmacht. Dimensionen des Vernichtungskrieges 1941–1944. Ausstellungskatalog. Hg. Hamburger Institut für Sozialforschung

Philipp-Christian Wachs, Der Fall Theodor Oberländer, Ffm. 2000

Michael Wildt, Generation des Unbedingten. Das Führungskorps des Reichssicherheitshauptamtes, Hamburg 2003

Mein besonderer Dank gilt Olga Mannheimer und Dr. Johannes Hürter.

# Inhalt

Vom Verfasser überreicht   7

Krambambouli   8

Ruppertsklamm   35

Blaue Stunde   62

Hausbesitzer und Verkehrsteilnehmer   88

Ich bin ein heiliger Reiter   111

Kriegsversehrt   139

Sich abfinden und gelegentlich aufs Wasser sehen   161

Seid aber Täter des Worts   188

Mimosen   215